大字清晰版

基礎日本語

趙福泉／著

◆ 詳細解析：五段活用動詞、自他動詞、意志動詞、可能動詞、受給動詞、複合動詞等 ◆

適用 中、高級

動詞

笹藤出版
DeeTen Publishing

前言

本書是學習日語的參考書，供稍有日語基礎的讀者使用。在一般的日語文法書中，其實都有動詞這一章節，不過這些章節往往只重點式地介紹動詞的變化及其活用（如五段活用、上下一段活用、サ行變格活用、カ行變格活用），卻對動詞中的一些特殊問題，有所忽略。而且也忽視了台灣人學習日語的特點，只做一些簡單的說明。本書為了幫助讀者對日語有更深一層的認識，特別針對日語動詞中較重要的問題，作詳細的介紹，同時針對國人學習日語容易犯的錯誤，作深入淺出的說明，以幫助讀者掌握動詞的用法。

本書共分十一章，前四章介紹了動詞的分類及其用法，接著在五、六、七、八章裡，針對比較複雜且不容易掌握的動詞作了說明，最後的九、十章是補助動詞、複合動詞。第二章自動詞、他動詞，第七章的受給動詞、第十章的複合動詞（補助動詞接尾語構成的複合動詞）為本書的重點，因此針對這些問題作了深入的說明，篇幅較長。其他比較容易掌握的，則簡單作了一般的說明。在本書的每一章裡除了說明外，都舉出了具有實用價值的例句，通俗易懂。必要時舉出錯誤實例，從反面加以論證，以便讀者在學習中有所借鑑，避免類似的錯誤發生。本書的最後附有索引，依あ、い、う、え、お順序排列，供讀者查詢之用。

本書所用的語法用語，使用了日語語言界最常使用的術語，以避免誤解，如受給動詞有人譯作接受動詞，或授與動詞。再如アスペクト，有人譯作相、態。為了一致性，本書使用日語學界通用的アスペクト。

本書由於篇幅有限，或許仍有部分地方說明得不夠周詳，請讀者諒解之外，也請多多指正。

編　者　趙福泉

基礎日本語　動詞

第五章 可能動詞 149

第八章 敬語動詞 239

第九章　補助動詞——て下面的補助動詞　267

總說

在日語裡，動詞占詞彙中一個很重要的角色，我們學習日語如果不能確實地掌握它則很難學好，它雖有較難掌握的一面，但只要了解它的特點，還是可以學好的。下面就動詞的有關問題，做簡單的說明。

1 日語動詞的特點

(一)日語中的動詞和中文不同，它不但表示事物的動作、作用，同時也表示事物的狀態。如やせる（瘦）、ふとる（胖）、澄(す)む（澄清）、濁(にご)る（混濁）在中文裡都是形容詞，表示狀態，而在日語裡上述表示狀態的詞都要用動詞來表示。

(二)日語的動詞和形容詞、形容動詞一樣，都可以作述語用，這點和中文相同，但日語裡的動詞作述語時，和中文不同，它在任何時候，都要放在句子的最後，而中文的動詞作述語時，雖有時接在句子的最後，但有時卻在句子的中間，特別是帶有目的語（日語稱之為客語）的句子，動詞卻在目的語前面。例如：他跑得很快。譯成日語則是彼(かれ)は早(はや)く走(はし)る；我每天看報紙，則是私(わたし)は毎日新聞(まいにちしんぶん)を読(よ)む在日語裡，述語走(はし)る、読(よ)む都放在句子的最後。

(三)日語的動詞有形態變化，即根據動詞在句子裡的情況，要使用不同的變化形態，這點就和中文完全不同。如中文的寫信、不寫信、如果寫信的話…都是同一個寫字，沒有形態變化，而日語則要用手紙を書く、手紙を書かない、手紙を書けば，三者所用的動詞書く是有形態變化的。

(四)日語的自、他動詞的關係和中文的自、他動詞關係不同，中文裡的自、他動詞絕大多數形態是相同的；而在日語裡雖也有形態相同的自他動詞，但絕大多數的自、他動詞形態是不同的。如請把窗子打開、窗子開著，前一個句子用他動詞，後一個句子用自動詞，兩個句子裡的開都是同一個開，形態相同；而在日語裡，前一句要用他動詞開ける，後一句則多用自動詞開く，即用窓を開けなさい、窓が開いている，他動詞開ける與自動詞開く形態不同。另外日語裡的自、他動詞，和中文裡的自、他動詞，不完全相同，即中文裡有些他動詞在日語裡是自動詞，例如騎馬、上學中的騎、上，在中文裡都是他動詞，而在日語裡則是自動詞，要用馬に乗る、学校へ行く。這樣自、他動詞的用法也是我們學習日語的人容易搞錯的。

(五)日語裡有一些具有獨特特點的動詞，如日語裡有所謂的受給動詞，中文的給字，在日語裡要用不同的動詞去表現。另外在日語裡有所謂的敬語動詞，對不同身份的人要根據說話者和他的關係的不同，使用不同的敬語動詞，這一點也和中文不同，因此它也成了我們學習日語的難點之一。

總之，日語和中文比較起來相對複雜與細膩，我們必須好好的了解這些特點來學習它、掌握它。

2 日語動詞的分類

日語動詞從各個不同的角度，即根據動詞的形態、作用、意義上的不同，可以做出下面幾種分類：

(一)根據動詞語尾變化的不同，可分為五段活用動詞、上一段活用動詞、下一段活用動詞、サ行變格活用動詞、カ行變格活用動詞。

(二)根據動詞的動作、作用的進行是否涉及其他事物，可分為自動詞與他動詞。

(三)根據動詞動作，作用的進行是否受主觀意志的制約，可分為意志動詞與無意志動詞。

(四)根據動詞動作、作用與アスペクト（文法中表示行為的樣態）的關係可分為狀態動詞、繼續動詞、瞬間動詞以及第四類動詞。

另外還根據動詞不同的特點，將具有同一特點的部分動詞稱為可能動詞、受給動詞、敬語動詞等，但它們不是對全部動詞的分類，只是動詞的某一個部分。

下面就上述一些動詞的作用、特點逐次作說明、研究。

第一章

五段活用動詞、上、下一段活用動詞、カ行變格活用動詞、サ行變格活用動詞

動詞根據它的變化、活用的不同，可分為五段活用動詞、上一段活用動詞、下一段活用動詞、カ行變格活用動詞、サ行變格活用動詞五種。關於這幾種動詞的變化、用法，一些書籍都有所敘述，本書就不再重複。在這裡除了列舉各活用的常用動詞供讀者參考外，只就一些特別需要注意的問題加以介紹。

1 五段活用動詞

1 一般的五段活用動詞

●カ行五段

驚（おどろ）く／吃驚
咲（さ）く／開花
解（と）く／解開
吐（は）く／吐
吹（ふ）く／颱風、吹
湧（わ）く／湧出

戴（いただ）く／要
書（か）く／寫
焚（た）く／燒
泣（な）く／哭
開（ひら）く／打開
巻（ま）く／捲起

行（い）く／去
聞（き）く／聽、問
突（つ）く／刺、撞、戳
抜（ぬ）く／拔
引（ひ）く／拉
焼（や）く／燒

●ガ行五段

漕(こ)ぐ／划船
塞(ふさ)ぐ／塞
防(ふせ)ぐ／防

●サ行五段

起(お)こす／叫起
返(かえ)す／返還
示(しめ)す／給看
放(はな)す／放
申(もう)す／說

●タ行五段

育(そだ)つ／發育
待(ま)つ／等待
持(も)つ／拿

急(いそ)ぐ／趕快
騒(さわ)ぐ／吵鬧

明(あ)かす／空出
驚(おどろ)かす／嚇
隠(かく)す／隱藏
残(のこ)す／剩下
乱(みだ)す／搞亂

打(う)つ／打
立(た)つ／站起

泳(およ)ぐ／游泳
注(そそ)ぐ／注入

動(うご)かす／搬動
貸(か)す／借出
殺(ころ)す／殺害
施(ほどこ)す／施行

勝(か)つ／勝
保(たも)つ／保持

●ナ行五段

死(し)ぬ／死

●バ行五段

叫(さけ)ぶ／叫喊
運(はこ)ぶ／搬
喜(よろこ)ぶ／高興
学(まな)ぶ／學
遊(あそ)ぶ／遊玩
飛(と)ぶ／飛
結(むす)ぶ／締結
浮(う)かぶ／漂浮
並(なら)ぶ／排列
呼(よ)ぶ／招呼

●マ行五段

痛(いた)む／疼痛
拝(おが)む／拜
囲(かこ)む／圍、包圍
積(つ)む／積累
止(や)む／停止
読(よ)む／讀、唸
編(あ)む／編、織
営(いとな)む／辦、經營
惜(お)しむ／惜
刻(きざ)む／刻
飲(の)む／喝
勇(いさ)む／奮勇
羨(うらや)む／羨慕
悲(かな)しむ／悲傷
頼(たの)む／拜託
踏(ふ)む／踩

●ラ行五段

謝（あやま）る／誤、錯

折（お）る／折、斷

飾（かざ）る／裝飾

知（し）る／知道

取（と）る／拿

練（ね）る／鍛鍊

張（は）る／擴張、伸張

掘（ほ）る／挖

●ワ行五段

祝（いわ）う／祝賀

敬（うやま）う／敬、尊敬

負（お）う／背、負

集（あつ）まる／集合

謝（あやま）る／道歉

刈（か）る／割

帰（かえ）る／回去

散（ち）る／散、落

通（とお）る／通過

塗（ぬ）る／塗上

濁（にご）る／變濁、不清

洗（あら）う／洗

歌（うた）う／唱

奪（うば）う／奪

侮（あなど）る／輕視、侮辱

祈（いの）る／祈禱

限（かぎ）る／限、限定

去（さ）る／離去、離開

照（て）る／照

鳴（な）る／響

乗（の）る／坐（車、船）、騎

争（あらそ）う／爭、爭奪

疑（うたが）う／懷疑

追（お）う／追、攆

乞う／乞求　行う／進行　買う／買
使う／使用　従う／跟隨　吸う／吸
迷う／迷　願う／拜託　拾う／拾到、撿到
問う／問　舞う／飛舞　添う／添上

以上是比較常用的五段活用動詞，不常用的並沒有收入。

②特殊變化的五段活用動詞

五段活用動詞中的いらっしゃる、おっしゃる、くださる、なさる四個動詞都是表示尊敬的敬語動詞，使用的頻率較高，但它們的變化與一般的五段活用動詞稍有不同，值得注意。

(1)它們的連用形語尾接一般變化來説應該用り，但都音便成為い。例如：

いらっしゃる　↓いらっしゃります　↓いらっしゃいます
おっしゃる　↓おっしゃります　↓おっしゃいます

くださる ↓くださります ↓くださいます

なさる ↓なさります ↓なさいます

看一看它們的用例：

○内山先生（うちやませんせい）はいらっしゃいますか。

／內山老師在嗎？

○校長先生（こうちょうせんせい）はそうおっしゃいました。

／校長這麼說了。

○先生（せんせい）は丁寧（ていねい）に説明（せつめい）してくださいました。

／老師很仔細地做了說明。

○先生（せんせい）は毎日（まいにち）何（なに）か運動（うんどう）をなさいますか。

／老師每天有做什麼運動嗎？

(2)命令形語尾接一般變化應該用れ，但都音便成為い。例如：

いらっしゃる↓いらっしゃれ↓いらっしゃい

おっしゃる↓おっしゃれ↓おっしゃい

くださる↓くだされ↓ください

なさる↓なされ↓なさい

看一看它們的用例：

○こちらへいらっしゃい。

／請到這邊來！

○この辞書（じしょ）を貸（か）してください。

／請把這本字典借給我！

○早（はや）く帰（かえ）りなさい。

／請快點回去吧！

其中おっしゃい不大使用。

2 上一段活用動詞

1 常用的上一段活用動詞

上一段活用動詞較少，常用的有：

● ア行上一段

居(い)る／在、有

● カ行上一段

生(い)きる／活　できる／會　着(き)る／穿

● ガ行上一段

過(す)ぎる／過

●タ行上一段

落(お)ちる／落下

●ナ行上一段

似(に)る／相像　煮(に)る／煮

●ハ行上一段

干(ひ)る／干

●バ行上一段

錆(さ)びる／鏽　延(の)びる／延長

●マ行上一段

試(こころ)みる／試驗　見(み)る／看

●ラ行上一段

下(お)りる／下來　借(か)りる／借來

② 語幹語尾不能分開的上一段活用動詞

這類動詞語幹語尾一起按上一段活用變化，有居(い)る、着(き)る、干(ひ)る、見(み)る等。例如：

○宿舎(しゅくしゃ)には誰(だれ)もいません。／（いる的連用形）

／宿舍裡沒有半個人在。

○王(おう)さんは宿舎(しゅくしゃ)にいるでしょう。／（いる的終止形）

／王先生在宿舍裡吧！

○昨日(きのう)映画(えいが)を見(み)ました。／（見(み)る的連用形）

／昨天看了電影。

○日本(にほん)の映画(えいが)を見(み)る時(とき)もあります。／（見(み)る的連體形）

／有時也看日本電影。

○王(おう)さんは和服(わふく)を着(き)ません。／（着(き)る的連用形）

／王先生不穿和服。

○皆(みんな)は洋服(ようふく)を着(き)ています。／（着(き)る的連用形）

／大家都穿著西裝。

3 下一段活用動詞

1 下一段活用動詞比前面的上一段活用動詞要多的多

常用的有：

●ア行的下一段

換(か)える／換
考(かんが)える／想、思考
答(こた)える／回答
貯(たくわ)える／儲存
伝(つた)える／傳達

植(う)える／栽種
数(かぞ)える／數
加(くわ)える／加
支(ささ)える／支持
讃(たた)える／讚揚

押(おさ)える／壓、按
かなえる／達到
こしらえる／做、準備
そろえる／湊齊
例(たと)える／比喻

迎(むか)える／迎接
越(こ)える／越過
冷(ひ)える／冷卻下來
燃(も)える／燃焼
耐(た)える／忍受、禁得住

另外還有：

得(え)る／得到

●カ行下一段

避(さ)ける／避免
焼(や)ける／焼
分(わ)ける／分開

●ガ行下一段

妨(さまた)げる／妨礙
遂(と)げる／完成

唱(とな)える／提唱
聞(きこ)える／聽到
肥(こ)える／肥沃
増(ふ)える／增加
訴(うった)える／控訴

心得(こころえ)る／心得

明(あ)ける／天亮
設(もう)ける／設置

掲(かか)げる／舉起
平(たい)らげる／平定

捕(と)らえる／逮捕
覚(おぼ)える／記憶、記
聳(そび)える／高聳
見(み)える／看見
衰(おとろ)える／衰弱

掛(か)ける／掛
向(む)ける／轉向

挙(あ)げる／舉起
告(つ)げる／告訴

投(な)げる／投、扔
逃(に)げる／逃走

●サ行下一段

馳(は)せる／驅（車）
痩(や)せる／瘦
寄(よ)せる／靠近

●ザ行下一段

混(ま)ぜる／混合

●タ行下一段

捨(す)てる／扔掉
当(あ)てる／碰、觸
企(くわだ)てる／企圖
慌(あわ)てる／慌張
育(そだ)てる／培養
立(た)てる／豎起

●ダ行下一段

詣(もう)でる／参拜
出(で)る／出去
秀(ひい)でる／卓越

●ナ行下一段

重(かさ)ねる／重複
兼(か)ねる／兼
尋(たず)ねる／訊問
寝(ね)る／睡

●ハ行下一段

経(へ)る／經由

●バ行下一段

食(た)べる／吃

並(なら)べる／排列

滑(すべ)る／滑

●マ行下一段

占(し)める／占

慰(なぐさ)める／安慰

●ラ行下一段

生(うま)れる／生

優(すぐ)れる／優秀

触(ふ)れる／碰、觸

乱(みだ)れる／亂

比(くら)べる／比較

述(の)べる／說

暖(あたた)める／暖和

沈(しず)める／沉下

荒(あ)れる／荒廢

恐(おそ)れる／怕

流(なが)れる／流

別(わか)れる／分別

調(しら)べる／調查

延(の)べる／延長

改(あらた)める／更改

染(そ)める／染

溢(あふ)れる／滿、溢

崩(くず)れる／崩潰

離(はな)れる／離開

2 語幹語尾不能截然分開的下一段活用動詞

這類動詞語幹、語尾一起按下一段活用變化，它有出る、得る、寝る、経る四個動詞。例如：

○もう十一時ですから早く寝なさいよ。
／已經十一點了，快點睡吧！

○どうしてまだ寝ないのですか？
／為什麼還不睡呢？

○月が出ました。
／月亮出來了。

○朝家を出る時、雨が降っていました。
／早上從家裡出來的時候，天下著雨。

4 カ行變格活用動詞

只有一個動詞来る，它的語尾變化比較特殊，很容易用錯。按下面活用變化：

来る／來

来ます／來

来ない／不來

来る時／來的時候

来れば／來的話

来い／來！

5 サ行變格活用動詞

1 サ行變格活用動詞的基本用法

サ行變格動詞只有する，它的語尾變化也比較特殊，按下面活用變化：

する／做　　します／做

しない／不做　　する人(ひと)／做的人

すれば／做的話　　しろ（せよ）／做吧！

2 サ行變格活用動詞ます構成的複合動詞

少數的名詞或漢語動詞性名詞下面直接接する可以構成サ行變格活用動詞的複合動詞。

例如：

旅（たび）する／旅行　あくびする／打哈欠

早寝（はやね）する／早睡　悪戯（いたずら）する／淘氣

入学（にゅうがく）する／入學　勉強（べんきょう）する／用功、學習

活動（かつどう）する／活動　旅行（りょこう）／旅行

放送（ほうそう）する／廣播　心配（しんぱい）する／擔心

有些動詞性外來語也可以在下面接する構成。變動詞例如：

キャッチする／捕捉　ドライブする／開車兜風

ストップする／停止　パンクする／爆胎

6 兩用動詞

所謂兩用動詞，就是既可以作某一個動詞用，也可以做另一個動詞用的動詞。它們大致有下面兩種類型：

①サ行五段活用動詞與サ行變格活用動詞兩用的動詞

即某一個動詞的語幹既可以接サ行五段活用動詞變化，也可以接サ行變格動詞變化。這些動詞多是一些由一個音讀漢字構成的動詞。例如：

訳する（訳す）／翻譯　　略する（略す）／省略
愛する（愛す）／愛　　害する（害す）／有害、害
辞する（辞す）／辭去　　廃する（廃す）／廢除

拝する（拝す）／拜

祝する（祝す）／祝賀

看一看它們的變化：

例詞	語幹	種類	未然形	連用形	終止形	連體形	假定形	命令形
訳す	訳	サ行五段	さ せ	し	す	す	せ	せ
訳する		サ変	し せ	し	する	する	すれ	しろ せよ

例如：

○この所は訳しなくても（訳さなくても）いいです。

／這個地方不翻也可以。

○外国の詩を訳する（訳す）のは容易なことではない。

／翻譯外國的詩不簡單。

○本文を中国語に訳すれば（訳せば）いいです。

／將本文譯成中文就可以了。

上述句子中括號外的說法是按サ變動詞變化的，括號裡則是五段活用動詞的變化。

②上一段活用動詞與サ變動詞兩用的動詞

即將ザ行上一段活用動詞的語尾接在ザ變動詞的語幹下面作活用。這些動詞也都是由一個音讀漢字構成的。例如：

信ずる（信じる）／相信　　感ずる（感じる）／感到

論ずる（論じる）／論　　弁ずる（弁じる）／區別

任ずる（任じる）／任　　通ずる（通じる）／相通、通曉

講ずる（講じる）／講　　生ずる（生じる）／產生

応ずる（応じる）／答應　　投ずる（投じる）／投

看一看它們的變化：

例詞	語幹	種類	未然形	連用形	終止形	連體形	假定形	命令形
信(しん)じる	信(しん)	サ行上一	じ	じ	じる	じる	じれ	じる
信ずる		サ変	じ	じ	ずる	ずる	ずれ	ぜよ

例如：

○霊魂(れいこん)の不滅(ふめつ)を信(しん)ずる（信(しん)じる）人(ひと)もいる。

／也有人相信靈魂不滅。

○キリスト信者(しんじゃ)は神(かみ)を信(しん)ずれ（信(しん)じれ）ば必(かなら)ず救(すく)われると信(しん)じています。

／基督教徒相信如果信神一定會得救。

上述句子裡括號內外的兩種說法都通。

有的學者認為決(けっ)する、達(たっ)する、発(はっ)する、熱(ねっ)する等既是サ變活用動詞，也是上一段活用動詞，但在實際語言生活中，多作サ變活用動詞來用。

第二章 自動詞、他動詞

動詞按它所表示的動作是否涉及其他事物來分類，可分為自動詞與他動詞。

1 自動詞與他動詞的區別

1 自動詞

自動詞所表示的動作，不直接涉及其他事物，即無動作者以外的動作對象，僅說明句中主語（或主題）自身的動作、作用或狀態，如咲(さ)く、流(なが)れる、起(お)きる等都不涉及其他事物。自動詞作述語時，直接與主語結合起來，即可表達完整的意思。例如：

○花(はな)が咲(さ)く。

／花開。

○水(みず)が流(なが)れる。

／水流。

○私は毎日六時に起きる。
／我每天六點起床。
○兄は太っている。
／哥哥很胖。

2 他動詞

他動詞所表示的動作，直接涉及其他事物。即它所表示的動作常以動作者以外的事物為對象，如講到見る、読む時，一定有人要問看什麼、讀什麼，因此它涉及到某種東西。也就是他動詞作述語時，一般帶有受詞，才能表達完整的意思。例如：

○母は毎日テレビを見る。
／媽媽每天看電視。
○父は夕飯後新聞を読む。
／父親晚飯後看報。
○妹はよく「北国の春」を歌う。
／妹妹常唱「北國之春」。

那麼我們如何辨別自、他動詞呢？在辨別自、他動詞時，要看動詞在句子裡有無受詞，在大多數情況下，有受詞即是他動詞，沒有受詞則是自動詞。當然在一些特殊的時候會出現不同的情況。例如：

○風が吹きます。

／颳風。

○ハーモニカを吹きます。

／吹口琴。

上述兩個句子的述語都是吹く，但詞性不同，前一個句子無受詞，故吹く是自動詞；後一個句子有口琴當受詞，吹く是他動詞。

但也要注意到特殊情況。例如：

○日本の映画を見ました。

／看了日本電影。

○日本の映画を見たいです。

／我想看日本電影。

這兩個句子裡的見る，前一句有受詞，故為他動詞；後一句沒有受詞，但見る仍是他動詞，因為見る的下面用了～たい，映画在形式上就不是受詞了，但見る的他動詞結詞論是不變的。

其次在運用自、他動詞時需要依靠自己的記憶。如將中文的坐飛機、到了東京、反對那種說法譯成日語，如果將坐、到、反對記成他動詞就會誤譯。例如：

×飛行機を乗ります。↓○飛行機に乗ります。

×東京を着きました。↓○東京に着きました。

×その言い方を反対します。↓○その言い方に反対します。

2 具有特殊用法的自動詞

前面就日語裡絕大多數的自、他動詞概念做了說明，但它也有例外的特殊情況，即有些自動詞可以用名詞を自動詞句型，即自動詞前面可以用を。主要有以下幾種用法：

1 表示移動、離開、通過等的動詞

它們的前面要用を。但這時的名詞を一般認為是補語，而不是受詞。

(1) 表示位置移動的動詞

歩く（ある）／走　走る（はし）／跑　泳ぐ（およ）／游泳

行く（い）／去　散歩する（さんぽ）／散步　彷徨う（さまよ）／徬徨、徘徊

滑る／滑　飛ぶ／飛　登る／上、攀登

下る／下　流れる／流

例如：

○山道を三時間歩きました。

／我走了三個小時的山路。

○廊下を走ってはいけません。

／不要在走廊上跑步！

○彼は部屋の中を行ったり来たりしています。

／他在房間裡走來走去。

○お爺さんは毎日公園の中を散歩します。

／老爺爺每天在公園內散步。

○この川を泳いで渡ることができます。

／你能游過這條河嗎？

○父はその頃毎日町の中を彷徨っていました。

／爸爸那時每天在街上徘徊。

○氷(こおり)の上(うえ)を滑(すべ)ります。
／在冰上滑行。

○鳥(とり)が屋根(やね)の上(うえ)を飛(と)んでいます。
／鳥在屋頂上飛著。

○船(ふね)で川(かわ)を下(くだ)って行きました。
／坐船順流而下。

○毎年何万人(まいとしなんまんにん)もの人(ひと)が富士山(ふじさん)を登(のぼ)ります。
／每年有幾萬人登富士山。

○水(みず)の上(うえ)を何(なに)が変(へん)なものが流(なが)れています。
／好像有個奇怪的東西在水中飄著。

上述句子裡紅色的動詞都是自動詞，但它們前面都用了を表示在某一場所移動。

(2)表示離開某一場所的動詞

出(で)る／出來　降(お)りる／下來　立(た)つ／出發

出発(しゅっぱつ)する／出發　離(はな)れる／離開　去(さ)る／離開

例如：

○大学を出てから何をするかまだ決めていません。

／還沒決定大學畢業以後要做什麼。

○汽車を降りてからすぐかけてきました。

／我下了火車後，立刻趕了過來。

○李さんは昨日台北を立って日本へ行きました。

／李先生昨天從台北出發到日本去了。

○子供が母のそばを離れません。

／孩子不離開母親。

○田中さんは部長の地位を去らなければなりませんでした。

／田中先生不得不離開部長的職位。

上述句子裡紅色的動詞都是自動詞，但它們的前面都用了助詞を，表示離開。

在這裡附帶一提，卒業する雖不是表示移動的動詞，但在講由某學校畢業時，與出る、離れる一樣，用～を卒業する表示離開某學校，而不用～から卒業する。這是常見錯誤必須多注意。例如：

○兄は昨年大学を卒業してその会社に入りました。

／哥哥去年大學畢業後，進了那家公司。

(3) 表示超過、通過的動詞

過ぎる／過　越える／越過　通る／通過

通う／往返　渡る／渡過　横切る／橫過、穿過

例如：

○京都を過ぎたのは朝の三時頃でした。

／路過京都的時候，是凌晨三點。

○この山を越えたところに温泉があります。

／爬過這座山有個溫泉。

○トンネルを通ると海が見えました。

／穿過了隧道就看到海了。

○東京箱根間をバスが通っています。

／有公車往返於東京和箱根之間。

○橋を渡って向こうの町へ行きます。

／過橋到河對面的街上去。

○鉄道の線路を横切る時はよく左右を見なさい。

／穿越鐵道時，要注意左右！

有時在表示超過某一時間時，也用～を過ぎる。例如：

○約束の時間を過ぎても彼はやって来ません。

／過了約定的時間，他人還沒到。

上述句子裡紅色的動詞都是自動詞，但都用了助詞を，表示通過。

② 自動詞強調有意識地進行某種活動時，也可以用客語

常用的自動詞有：

休む／休息　怠ける／懶惰　さぼる／曠職、曠課

終わる／完了；結束　触る／碰、摸

例如：

○病気で一週間も会社を休みました。

／因病向公司請了一個星期的假。

○こんなに暑いと勉強を怠けたくなります。

／天氣這麼熱，真不想讀書了。

○あいつは毎日仕事をさぼって競馬場へ行きます。

／那傢伙每天不工作，都跑去賽馬場摸魚。

○早く仕事を終わらせて帰りたいです。

／真想早點把工作做完回家去。

○棒の先でちょっと尻尾を触りました。

／用棒子前端稍微碰一下牠的尾巴。

上述句子裡紅色的動詞都是自動詞，但都用了受詞，強調有意識地進行這些動作。

③有些表示心理狀態、心理活動的自動詞，也會搭配受詞

常用的自動詞有：

恐れる／害怕　　喜ぶ／喜歡

例如：

○間違うことがを恐れすぎると、かえって日本語がうまく話せなくなります。

／如果太害怕出錯，反而更無法說好日語。

○この計画を喜ばない人も少なくありません。

／也有很多人不喜歡這個計畫。

上述一些自動詞構成的句子裡，形式上也用了名詞を～，但這些動詞仍是自動詞。

對上述這些具有特殊用法的自動詞，如果不能確實地掌握它的用法，是很容易用錯的。

例如：

×彼は庭で行ったり来たりしています。

由於中文是在院子裡走來走去，因此往往譯成庭で，但下面動詞用的是行ったり来たりする這樣移動動詞，因此不應用で，而要用を。

×汽車に下りてからすぐ来ました。

由於下りる是自動詞，因此用了汽車に下りて實際上下了火車是離開火車，因此要用汽車を下りて。

×学校から出てもう三年になりました。

学校から出る表示從學校大門出來，這個句子表示離開學校，因此要用学校を出てから。

×中学校から卒業してすぐこの大学に入りました。

由於中文講從中學畢業，因此往往誤譯成中学校から卒業して，但實際上卒業する含有離開中學的意思，因此要用中学校を卒業して。

3 自、他兩用的動詞

在日語裡，自動詞和他動詞關係有下面三種情況：

(1)只有自動詞或只有他動詞，而沒有和它們相對應的自他動詞。例如：

死ぬ（自）／死　　できる（自）／會　　痩せる（自）／瘦

聳える（自）／高聳　　優れる（自）／優秀

這些動詞都是自動詞，沒有和它們相對應的他動詞。

殴る（他）／毆打　　蹴飛ばす（他）／踢　　殺す（他）／殺

食べる（他）／吃　　尋ねる（他）／尋找、訊問

這些動詞都是他動詞，而沒有與它們相對應的自動詞。

(2)形態相同的自、他動詞，即一個動詞既是自動詞，也是他動詞。例如：

吹く（自）／颳風、（他）／吹　　笑う（自）／笑、（他）／笑話、恥笑

伴う（自）／伴隨、（他）／陪伴　　持つ（自）／拿、（他）／保持

(3)相對應的自、他動詞，即動詞的語幹相同，而語尾不同的自、他動詞。例如：

聞く（他）／聽　　聞こえる（自）／聽見；聽得見

燃やす（他）／燒；焚燒　　燃える（自）／燃燒

關於(2)形態相同的自、他動詞，即既可以作自動詞，也可以作他動詞用的動詞，有下面兩種情況：

1 形態相同，意義也大致相同的自、他動詞

這類漢語動詞較多，和語動詞較少。常用的有下列一些：

(1)意義大致相同的和語自、他動詞

①開く　一般作自動詞用，表示張開，但張開的對象是動作主體的一部分時，則可以作他動詞用，如口を開く，同樣地表示張開。例如：

○口が大きく開いている。（自）

／嘴大大地張開著。

○口を開けてぽかんとしている。（他）

／張著嘴發呆。

但動作對象不是動作主體的一部分時，則不能用開く作自動詞，而要用他動詞開ける。

○暑いから窓を開けなさい（×あく）。

／好熱，把窗戶打開吧！

②踏み込む　一般說它是自動詞，但可以用足を踏み込む作他動詞用，都表示**踏上**、**邁進**。例如：

○あいつはとうとう誤った道に踏み込んだ。（自）

／他終究還是踏上了歧路。

○日本はとうとう戦争の泥沼に足を踏み込んでしまった。（他）

／日本終究陷入了戰爭的泥淖。

③浸(つ)かる　一般認為是自動詞，但也有体(からだ)を浸(つ)かる的他動詞用法，表示泡、把身體泡。

○私(わたし)は三十分間(さんじゅうぷんかん)もお湯(ゆ)に浸(つ)かった。（自）

／我在熱水裡泡了三十分鐘。

○私(わたし)は三十分間(さんじゅうぷんかん)も体(からだ)をお湯(ゆ)に浸(つ)かった。（他）

／我把身體泡在熱水裡三十分鐘。

④もたれる　一般認為它是自動詞，但也有肘(ひじ)を持(も)たれる的他動詞用法，表示胳臂靠著。

例如：

○彼(かれ)は椅子(いす)に持(も)たれて眠(ねむ)っている。（自）

／他靠在椅子上睡著。

○彼女(かのじょ)はフロントのスタンドに肘(ひじ)を持(も)たれて立(た)っている。（他）

／她把手臂靠在前面的櫃台上站著。

⑤終(お)える　一般作他動詞用，有時也作自動詞用，都表示完了。例如：

○会(かい)が終(お)えたのは十二時過(じゅうにじす)ぎだった。（自）

／開完會時已經超過十二點了。

○一か月の旅行を終えて今夜帰ります。（他）

／結束一個月的旅行，今天晚上回去。

⑥開く　多作他動詞用，表示打開、開花，也可當自動詞用，表示大致相同的意思。例如：

○展覧会を開きます。（他）

／辦展覽。

○車の扉が開きました。（自）

／車門打開了。

○牡丹は四月の末に花を開きます。（他）

／牡丹四月底開花。

○桜の花が開きました。（自）

／櫻花開了。

⑦退ける　自、他動詞都表示退出、下班。例如：

○何時に会社が退けますか。（自）

／公司幾點下班？

○何時に会社を退けますか。（他）

／你幾點下班？

⑧**増す**　自、他動詞都表示增加。例如：

○私昨日の雨で川の水が増した。（自）

／因為昨天下雨，河水漲了。

○水が少ないから、もう少し増してください。（他）

／水太少了，再加多一點水！

⑨**急ぐ**　一般認為自動詞，有時也將～を急ぐ作他動詞用，都表示快、急。例如：

○もう時間ですから、お急ぎください。（自）

／時間不多了，請快一點！

○その建物は今完成を急いでいる。（他）

／那棟建築正急著完工。

(2) 意義相同的自、他動詞

這類動詞較多，意義基本相同，只有自、他的不同。例如：

①変じる　表示改變、變化。例如：

○氷が水に変じた。（自）

／冰變成了水。

○船は航行の方向を変じた。（他）

／船改變了航行的方向。

②感じる　表示感覺等。例如：

○あの人の熱心さに感じて金を出すことにした。

／被他的熱心所感動，我決定拿出錢來。

○今朝はいつもより寒さを強く感じた。

／今天早上明顯感覺比平常冷。

③開始する　表示開始。例如：

○八時から営業を開始する。（他）

／八點開始營業。

○会議が開始するのは二時です。（自）

／會議兩點開始。

④**解決する**　表示解決。例如：

○ストライキが無事に解決して電車は動き出した。（自）

／罷工活動順利解決了，電車開始行駛。

○その問題を解決する方法は今検討中です。（他）

／現在正在討論解決問題的方法。

在動詞中有許多除了自、他動詞的區別外，意義大致相同的詞。不再一一舉例說明。常用的有：

開会する／開會	解体する／解體、瓦解
開通する／開通	確立する／確立
合併する／合併	合作する／合作
競争する／競爭	還元する／還原
継続する／繼續	決する／決定
減ずる／減少	減少する／減少
公演する／公演、演出	呼吸する／呼吸

産(さん)する／生產、出產
再生(さいせい)する／再生
集合(しゅうごう)する／集合
増加(ぞうか)する／增加
発生(はっせい)する／發生
復興(ふっこう)する／復興
閉業(へいぎょう)する／歇業、廢業
変革(へんかく)する／變革
再現(さいげん)する／重現
実現(じつげん)する／實現
収縮(しゅうしゅく)する／收縮
増進(ぞうしん)する／增進
反映(はんえい)する／反映
噴出(ふんしゅつ)する／噴出
併合(へいごう)する／合併
変換(へんかん)する／變換

2 兩者形態相同，但意義不同的自他動詞

這類動詞多是和語動詞。例如：

① 当(あた)る　既作自動詞用，也作他動詞用。有許多含義。例如：

○雨(あめ)が窓(まど)に当(あた)る。（自）
／雨打在窗戶上。

○予想(よそう)が当(あた)る。（自）

／預料到了。

○暑(あつ)さに当(あた)る。（自）

／中暑。

○値段(ねだん)を当(あた)る。（他）

／問價錢。

○意向(いこう)を当(あた)る。（他）

／探究意圖。

②当(あ)てる　多作他動詞用，個別時候作自動詞用。例如：

○壁(かべ)に耳(みみ)を当(あ)てる。（他）

／把耳朵貼在牆壁。

○今度(こんど)の試合(しあい)はどちらが勝(か)つか（を）当(あ)てるのは難(むずか)しい。（他）

／很難猜這次比賽是哪一方贏。

○先生(せんせい)は生徒(せいと)に当(あ)てて本(ほん)を読(よ)ませます。（自）

／老師指名叫學生唸。

③おんぶする　多作他動詞，用おんぶする，表示背、負；作自動詞用時表示讓：背著，即依靠。例如：

○列の中には子供をおんぶする婦人もいます。（他）

／隊伍中也有背著小孩的婦女。

○他人におんぶするものじゃないや。（自）

／不要依賴別人！

④かまう　作自動詞用時，一般用～にかまわない表示不顧、不管；而作他動詞用時，用～をかまわない表示不搭理、不管，也可以用～をかまう表示搭理。例如：

○私にかまわず遠慮なく帰ってね。（自）

／不要管我，你趕快回去吧！

○忙しくて子供をかまっている暇なんかない。（他）

／忙得沒有時間管孩子。

⑤しくじる　作自動詞用時，表示失敗，作他動詞用時，表示因工作失敗，而被解雇。例如：

○今度の試験はしくじって六十点しか取れなかった。（自）

／這次考試沒有考好，只拿了六十分。

○前の会社をしくじってここへ来ました。（他）

／被之前的公司解雇，來到了這裡。

⑥迫る　作自動詞時，表示迫近、臨近；作他動詞用時，則表示逼迫。

○試験が迫って学生たちは懸命に勉強し始めた。（自）

／考試逼進了，學生們拼命地用功念書。

○人々は責任者に返答を迫った。（他）

／人們逼著負責人回答。

⑦注ぐ　多作他動詞。表示灌；有時作自動詞表示流入。例如：

○瓶に水を注ぎます。（他）

／往水缸裡倒水。

○なお大きな力を注がなければなりません。（他）

／還需要注入更強大的力量才行。

○隅田川は東京湾に注いでいます。（自）

／隅田川流入東京灣。

⑧垂れる　多作自動詞用，表示垂下、滴、流；個別作他動詞用時，表示留（給）。例如：

〇実がたくさんなって枝が垂れています。（自）

／結了許多果實，樹枝都垂下來了。

〇上の者が下のものに範を垂れなければなりません。（他）

／上位者必須給下面的人良好的示範才行。

⑨通じる　作自動詞用時，表示相通，也表示通曉某種情況；作他動詞時，表示在…整個時間或在…整個地點。例如：

〇銀座から浅草まで地下鉄が通じています。（自）

／從銀座到淺草有地下鐵相通。

〇于先生は日本事情に通じています。（自）

／于老師非常了解日本狀況。

〇私の故郷では一年を通じて花が咲きます。（他）

／我的家鄉全年開花。

⑩閉じる　多作他動詞用，表示關上、閉上；作自動詞用時也表示關上。例如：

○門を閉じて誰にも会おうとしません。（他）

／關上門，誰也不想見。

○後ろの戸が自然に閉じました。（自）

／後面的門自己關上了。

⑪**伴う**　作自動詞用時，表示伴隨、跟隨，也可譯作…的同時；作他動詞時表示帶領、帶有。例如：

○登山隊は頂上目指し、リーダーに伴って一歩一歩前進を続けました。（自）

／登山隊以山頭為目標，跟隨著導遊一步一步地繼續前進。

○噴火に伴って付近に地震が発生する事もあります。（自）

／有時火山噴發的同時，附近還會伴隨著地震。

○学生たちを伴って工場などを見学しました。（他）

／帶領學生參觀工廠等。

○これは相当な危険を伴う手術です。（他）

／這是帶有很大風險的手術。

⑫**恥(は)じる**　是文語動詞，作自動詞時用～に恥(は)じない表示不愧是，而作他動詞時～を恥(は)じる表示慚愧。例如：

○それは横綱(よこづな)に恥(は)じない力(ちから)だ。（自）

／那不愧是「摔角冠軍」的力量。

○自分(じぶん)の不成績(ふせいせき)を恥(は)じないで毎日(まいにち)遊(あそ)んでいる。（他）

／（他）對自己的爛成績毫不以為意，每天都在玩。

⑬**運(はこ)ぶ**　多作他動詞用，表示運、搬，有時作自動詞表示（事物的）進行。

○車(くるま)で荷物(にもつ)を運(はこ)びましょう。（他）

／用車子運行李吧！

○思(おも)ったよりも早(はや)く仕事(しごと)が運(はこ)びました。（自）

／工作進行得比預料中快得多。

⑭**働(はたら)く**　多作自動詞用，表示勞動、工作；有時作他動詞用，表示作壞事。例如：

○朝(あさ)から晩(ばん)まで一生懸命(いっしょうけんめい)働(はたら)きます。（自）

／從早到晚拼命地工作。

○すりを働(はたら)いて巡査(じゅんさ)に捕(つか)まりました。（他）

／當扒手被警察捉到了。

⑮**張る**　既作自動詞用，也作他動詞用，都有許多含義。例如：

○木の根が地中に張っている。（自）

／樹根札根在地裡。

○川に氷が張った。（自）

／河結冰了。

○気が張っている。（自）

／精神緊張。

○大衆の中に根を張っている。（他）

／立基於群眾當中。

○テントを張ってキャンプをする。（他）

／搭起帳篷露營。

○見えを張る。（他）

／擺闊裝氣派。

○意地を張る。（他）

／固執己見。

⑯引き付ける　多作他動詞用，表示吸引；個別時作自動詞用表示抽搐。例如：

○磁石は釘を引き付ける。（他）

／磁鐵會吸鐵釘。

○人を引き付ける力のある絵だ。（他）

／是一幅吸引人的繪畫。

○ゆうべ子供が急に引き付けました。（自）

／昨天晚上，孩子突然抽搐起來。

⑰引き取る　多作他動詞用，表示領、接受，個別作自動詞用，表示回去。例如：

○早く荷物を引き取ってください。（他）

／請趕快領取行李。

○ひとまず引き取って考え直します。（自）

／暫時先回去再仔細思考看看。

⑱吹く　多作自動詞用，表示颳風，也作他動詞用，表示吹（口琴、喇叭），也表示噴（火）。例如：

○毎日風が吹きます。（自）

／每天颳風。

○弟は暇があったらハーモニカを吹きます。（他）

／弟弟一有時間就吹口琴。

○あの火山は今でも火を吹いています。（他）

／那座火山直到現在還在噴火。

⑲振う　作他動詞用時表示揮舞等；作自動詞用時多用振わない，表示不振、不佳。

○服をよく振って着なさい。（他）

／把衣服抖一抖再穿。

○どうも皆の成績は振わないですね。（自）

／看來大家的成績都不太好喔！

○今年に入って商売が振わない。（自）

／今年開始生意變得不好。

⑳振舞う　多作自動詞用，表示動作、活動；作他動詞時，表示款待。例如：

○そう勝手に振舞ってはいけません。（自）

／不要隨便輕舉妄動！

○友人に夕食を振舞いました。（他）

／請朋友吃了晚餐。

㉑負ける　多作自動詞用，表示輸、敗，有時作他動詞用，表示降價。例如：

○負けて金を取られました。（自）

／輸錢了。

○少し（値段を）負けてください。（他）

／多少算便宜一點吧！

㉒蒸す　多作他動詞用，表示蒸，也作自動詞用，表示悶熱。例如：

○冷たくなったご飯を蒸して食べます。（他）

／把冷飯蒸一蒸吃。

○今日は朝から蒸しますね。（自）

／今天從早上開始就好悶熱啊！

㉓持つ　多作他動詞用表示拿、帶等；也作自動詞用表示耐久、耐用等。例如：

○私は今お金を持っていません。（他）

／我現在沒有帶錢。

○ナイロンの靴下は持ちます。（自）

／尼龍的襪子耐穿。

○夏はよく休まなければ体が持ちません。（自）

／夏天不好好休息，身體會受不了。

㉔**催し**　多作他動詞用，表示舉辦等，作自動詞用時表示出現、預示等。例如：

○夜の集いを催します。（他）

／舉辦晚會。

○だいぶ前から雨が催してください。（自）

／幾天前就像要下雨的樣子。

㉕**寄せる**　作自動詞用時，表示靠近；作他動詞用時，表示將東西挪近。例如：

○沖から大きな波が寄せてくる。（自）

／大浪從遠處湧來。

○机をもっと壁の方に寄せてください。（他）

／請把桌子再往牆那邊靠。

○あの子はたった一人になって身を寄せるところがないのです。（他）

／那個孩子只剩下自己一個人，沒有可投靠的地方。

㉖笑う　作自動詞用時，表示笑；作他動詞時，表示恥笑、笑話、嘲笑等。例如：

○にこにこ笑う。（自）

／微微地笑著。

○まだ君を笑っているものがいるかもしれない。（他）

／也許有人還在笑你。

㉗向く　是自動詞，不能作他動詞用，但有～を向く的用法，因此在此一併說明。用～に向く時，表示面對…，用～を向く、或～の方を向く時，表示轉向…。例如：

○海に向いた部屋。

／面對大海的房間。

○音のする方を向く。

／轉向發出聲音的方向。

○黒板の方を向いて座る。

／面向黑板那邊坐。

以上的例詞只是常用的自、他兩用動詞，這些動詞中，特別是對形態相同、含義不同的自、他動詞既要搞清它們的含義，也要搞清楚它們的用法。下面的句子之所以錯誤，就是沒有搞清楚它們的用法。例如：

×火を当ててはいけません。↓〇火に当ててはいけません。

／不要烤火！

火を当てる則成了拿火去烤，日語是不這麼說的，因此是錯誤的。

×先生が私を当てました。↓〇先生が私に当てました。

／老師指名叫我起來。

指名某個人，日語是〇〇に当てる，而不是～を当てる，因此是錯誤的。

×李先生は日本の歴史を通じています。↓〇李先生は日本の歴史に通じています。

／李老師精通日本歴史。

精通歴史要用歴史に通じる，不能用を，因此是錯誤的。

×部屋は南を向いている。↓〇部屋は南に向いている。

／房間朝南。

朝南、面向南要用南に向いている，而不能用を，因此是錯誤的。

4 對應的自、他動詞

所謂對應的自、他動詞，是一個自動詞和一個他動詞，它們語幹相同，但語尾稍有不同，形態相互對應。例如：

自動詞

餅(もち)が焼(や)ける。／年糕烤好了。

人(ひと)が増(ふ)える。／人增加了。

音楽(おんがく)が聞(きこ)える。／聽到音樂聲。

他動詞

餅(もち)を焼(や)く。／烤年糕。

人(ひと)を増(ふ)やす。／增加了人。

音楽(おんがく)を聞(き)く。／聽音樂。

上述句子中的焼(や)ける與焼(や)く、増(ふ)える與増(ふ)やす、聞(きこ)える與聞(き)く是相互對應的自、他動詞。

1 相互對應的自、他動詞類型

相互對應的自他動詞是比較多的，大致有以下幾種類型：

(1) 五段活用動詞中互相對應的自他動詞

五段活用動詞

自動詞	他動詞
余(あま)る／剩	余(あま)す／剩下、留下
移(うつ)る／遷、移	移(うつ)す／遷、移
下(くだ)る／下	下(くだ)す／下、降低
渡(わた)る／過	渡(わた)す／過、交給
通(とお)る／通過	通(とお)す／讓…通過
にごる／汙濁、混濁	にごす／攪混
残(のこ)る／留下、剩下	残(のこ)す／把…留下、把…剩下

五段活用動詞

(2) 五段活用自動詞與下一段活用他動詞的對應

自動詞（五段活用動詞）	他動詞（下一段活用動詞）
立(た)つ／站	立(た)てる／樹立
付(つ)く／沾上、附上	付(つ)ける／使…沾上、附上
進(すす)む／前進	進(すす)める／推進
寄(よ)る／靠近、挨近	寄(よ)せる／使…靠近、挨近
乗(の)る／乘	乗(の)せる／放上
上(あ)がる／上	上(あ)げる／舉起
帰(かえ)る／回去	帰(かえ)す／讓…回去
積(つ)もる／積累	積(つ)む／堆積
塞(ふさ)がる／堵、塞	塞(ふさ)ぐ／把…堵住
繋(つな)がる／聯繫、接上	繋(つな)ぐ／繫、拴上

固(かた)まる／凝固	固(かた)める／加固、使…凝固
決(き)まる／定	決(き)める／決定
始(はじ)まる／開始	始(はじ)める／開始
掛(か)かる／掛	掛(か)ける／掛上

(3) 上一段活用自動詞與五段活用動詞的對應

	上一段活用動詞
自動詞	起(お)きる／起來
	尽(つ)きる／完
	落(お)ちる／掉下
	生(は)える／長、生
	冷(ひ)える／冷
	増(ふ)える／增多、增加
他動詞	起(お)こす／叫起
	尽(つ)くす／盡、盡力
	落(お)とす／扔下
	生(は)やす／使…生、長
	冷(ひ)やす／使、變涼
	増(ふ)やす／增加、添
	五段活用動詞

開(ひら)ける／開	開(ひら)く／打開
逃(に)げる／逃、逃走	逃(にが)がす／放走
離(はな)れる／離開	離(はな)す／使…離開
割(わ)れる／裂開、破裂	割(わ)る／使…裂開、割、切
折(お)れる／斷	折(お)る／折斷
現(あらわ)れる／出現	現(あらわ)す／表現、表示
馴(な)れる／馴熟	馴(な)らす／馴服、馴養
乱(みだ)れる／亂	乱(みだ)す／搞亂、擾亂
出(で)る／出來	出(だ)す／拿出

(4)下一段動詞與五段活用動詞的對應

這類相互對應的自、他動詞雖然與前面的(3)相同，皆為下一段動詞是自動詞、五段動詞是他動詞，但與(3)還是有些不同的。這類的自動詞是由五段他動詞與可能助詞れる相結合，約音後才成為下一段動詞的。它們都含有可能的意思。例如：

五段活用動詞

書（か）く
読（よ）む
取（と）る

後接れる

↓書（か）かれる
↓読（よ）まれる
↓取（と）られる

下一段動詞

↓書（か）ける
↓読（よ）める
↓取（と）れる

下一段活用動詞（自動詞）	五段活用動詞（他動詞）
書（か）ける／能寫	書（か）く／寫
抜（ぬ）ける／能拔掉	抜（ぬ）く／拔
砕（くだ）ける／能粉碎	砕（くだ）く／打碎
話（はな）せる／會說	話（はな）す／說、講
写（うつ）せる／能寫	写（うつ）す／抄寫
学（まな）べる／能學習	学（まな）ぶ／學習
読（よ）める／能唸	読（よ）む／唸
取（と）れる／能拿、掉	取（と）る／拿

売(う)れる／能賣、好賣 食(く)える／能吃	売(う)る／賣 食(く)う／吃

(5)五段活用動詞與五段活用動詞的對應

這類對應的自、他動詞雖然和前面的(2)相同，都是五段動詞相對應，但這類的他動詞是由自動詞與使役助動詞せる結合，變成的使役他動詞，含有使…的意思。例如：

五段動詞	後接せる	五段動詞
驚(おどろ)く	↓驚(おどろ)かせる	↓驚(おどろ)かす
飛(と)ぶ	↓飛(と)ばせる	↓飛(と)ばす
鳴(な)る	↓鳴(な)らせる	↓鳴(な)らす

五段活用動詞	
自動詞	他動詞
驚（おどろ）く／吃驚	驚（おどろ）かす／使…吃驚、震驚
動（うご）く／動	動（うご）かす／開動、打動
働（はたら）く／勞動、工作	働（はたら）かす／使…勞動
輝（かがや）く／發光	輝（かがや）かす／使…發光
飛（と）ぶ／飛	飛（と）ばす／使…飛
降（ふ）る／下（雨）	降（ふ）らす／降（雨）
散（ち）る／散開、（花）謝、落	散（ち）らす／使…散開
鳴（な）る／響	鳴（な）らす／弄出聲音

② 相互對應的自他動詞在意義上的差別

自、他動詞特別是相互對應的自、他動詞，除了有自、他的不同以外，在意義上大致有下面幾點不同：

(1) 他動詞一般是敘述行為、動作所起的作用；而自動詞則是用來敘述客觀的狀態。這是兩者在意義上的重要差別。例如：

①○ガラスを割りました。／把玻璃打破了。

○ガラスが割れました。／玻璃破了。

②○机を壊しました。／把桌子弄壞了。

○机が壊れました。／桌子壞了。

③○服を破りました。／把衣服弄破了。

○服が破れました。／衣服破了。

④○下水道を塞ぎました。

／把下水道堵塞了。

○下水道が塞がりました。

／下水道堵塞了。

⑤○茶碗を砕きました。

／把碗打破了。

○茶碗が砕けました。

／碗破了。

上述句子中的他動詞都表示動作、行為的作用，如ガラスを割った則強調弄壞這一動作；而用自動詞則表示客觀的狀態，有時是存在的狀態，有時是出現的狀態，ガラスが割れた則強調出現玻璃破了的這一狀態。

(2)他動詞表示動作行為本身，而自動詞則表示動作行為的結果。所謂結果指的是事物的最後狀態。例如：

①○仕事を始めました。

／開始工作。

○仕事(しごと)が始(はじ)まりました。
／工作開始了。

②○鐘(かね)を鳴(な)らしました。
／敲響鐘。

○鐘(かね)が鳴(な)りました。
／鐘響了。

③○電燈(でんとう)をつけました。
／點上電燈。

○電燈(でんとう)がつきました。
／電燈點著了。

④○窓(まど)を開(あ)けました。
／打開窗子。

○窓(まど)が開(あ)きました。
／窗子開了。

⑤○いろいろ手(て)を尽(つ)くして病気(びょうき)を治(なお)しました。

／想各種辦法治病。

○病気が治りました。

／病好了。

上述句子裡的他動詞都表示這一動作本身，而自動詞則表示這一動作的結果。由於這種關係兩者有時會表現稍微不同的意思。例如：

①○なくなった鍵を見付けました。

／找到了丟失的鑰匙。

○なくなった鍵が見付かりました。

／丟失的鑰匙找到了。

②○多くの溺れかかっていた人々を助けました。

／救了許多溺水的人。

○多くの溺れかかっていた人々が助かりました。

／許多溺水的人得救了。

(3)他動詞多表示動作本身，而自動詞（多表示自然現象、客觀事物狀態的動詞）則含有能、可能的意思。因此用他動詞時可以在下面接ことができる，而用這些自動詞時則不能再接ことができる。例如：

①〇三十分間でお湯を沸かすことができます。（他）

／三十分鐘可以把水燒開。

〇三十分間でお湯が沸きます。（自）

／三十分鐘水就開了。

②〇薪が湿っていて燃やすことができません。（他）

／柴濕濕的，無法點燃。

〇薪が湿っていて燃えません。（自）

／柴濕濕點不著。

③〇棒が太いから折ることができません。（他）

／棒子很粗，無法折斷。

〇棒が太いから折れません。（自）

／棒子粗，折不斷。

但我們日語學習者，往往習慣在這一些自動詞下面加上ことができる，這是錯誤的，請特別注意。例如：

×飛行機の窓が開くことができません。↓○飛行機の窓は開きません。

／飛機的窗子無法打開。

×二時間で着くことができます。↓○二時間で着きます。

／兩小時可以到。

×私の腰は曲ることができません。↓○私は腰が曲りません。

／我的腰無法彎下去。

（4）對於同一情況、同一事實，有時可以用他動詞表達，也可以用自動詞來表達，兩者表示大致相同的意思，只是語氣不同，強調的重點不同。使用他動詞強調動作、行為的主體，而用自動詞時，則強調的是客觀事實與狀態。例如：

①○大きな音で目を覚ましました。（他）

／我聽到很大的聲響，被嚇醒。

○大きな音で目が覚めました。（自）

／聽到很大的聲音，我嚇醒了。

②○彼はひどく感動して涙を流しました。（他）

／他深深受到感動，流下了眼淚。

○彼はひどく感動して涙が流れました。（自）

／他深深受到感動，流下了眼淚。

③○彼は熱を出して寝ています。（他）

／他發燒躺著。

○彼は熱が出て寝ています。（自）

／他發燒躺著。

④○小遣いを一万円あまり余しました。（他）

／讓零用錢剩下來一萬日元。

○小遣いが一万円あまり余りました。（自）

／剩下了一萬日元零用錢。

上述由自、他動詞構成的每一組句子，意思大致是相同的，只是強調的不同：用他動詞時強調主語的動作、行為，而自動詞則強調客観這一情況，自然形成的情況。

但不是所有自、他動詞都可以互換使用。下面這些句子則只能使用其中之一。

①○腐ったものを食べてお腹を壊した。

／吃了腐敗的東西，把肚子吃壞了。

×腐ったものを食べてお腹が壊れた。

日語並沒有お腹が壊れた的用法，因此是錯誤的。

②○夜をふかして勉強します。

／熬夜用功讀書。

×夜がふけて勉強します。

夜をふかす表示有意識地熬夜，而夜がふける，表示時間到了深夜，因此用夜がふけて的話，語意便無法搭配。要用則要講夜がふけても、彼はまだ勉強しています。

③○私は東京で生れ、東京で育ちました。

／我生在東京，長在東京。

×私は東京で生れ、東京で育てました。

育てる是他動詞，而主語是我，這樣成了我培育什麼，因此是錯誤的。

④〇あと五、六年で二十一世紀が始まります。

／再過五、六年，二十一世紀就開始了。

×あと五、六年で二十一世紀を始めます。

二十一世紀開始，這是到時候自然就會開始的，不是人的意志可以控制的，因此用始める是錯誤的。

第三章 意志動詞、無意志動詞

動詞從是否有意識進行的角度，分為意志動詞與無意志動詞。這種分類方法也為我們學習日語、掌握日語語法提供有利的條件。

1 意志動詞、無意志動詞的區別

1 意志動詞

是有情物（指人或具有某種感情的動物）有意識地進行某種動作的動詞。例如：

置(お)く／放	買(か)う／買	読(よ)む／唸
書(か)く／寫	寝(ね)る／睡覺	起(お)きる／起來
上(あ)げる／舉起	閉(と)じる／關上	着(き)る／穿（衣服）
脱(ぬ)ぐ／脫	磨(みが)く／磨	こする／擦、揉
飲(の)む／喝	食(た)べる／吃	見(み)る／看

②無意志動詞

與意志動詞相反，表示無意識進行的動作或狀態的動詞。但它與意志動詞不同，所包含的動詞比較複雜。總的來看，有以下兩種類型：

(1) 有情物的無意志動詞

它表示人或具有感情的動物無意識地進行的動作、狀態，這些動作、狀態不是主觀意志所能控制的。它包括了表示人或其他動物的生理現象或心理現象的動詞。

①表示生理現象的無意志動詞

生(うま)れる／生　　老(お)いる／老　　衰(おとろ)える／衰老

痛(いた)む／痛　　疲(つか)れる／疲倦　　くたびれる／累垮

うなだれる／低頭　　あえぐ／喘　　ふるえる／發抖

酔払(よっぱら)う／大醉　　いななく／馬叫

②表示心理現象的無意志動詞

飽(あ)きる／厭惡　　あきれる／呆掉　　慌(あわ)てる／慌

嫌(いや)がる／討厭　怖(こわ)がる／怕　驚(おどろ)く／吃驚

思(おも)い上(あ)がる／自滿起來　好(この)む／喜好　困(こま)る／不好辦、為難

③給人帶來不良後果的無意志動詞

失(うしな)う／丟失　しくじる／失敗　読(よ)み誤(あやま)る／讀錯

聞(き)き落(お)とす／聽漏了　言(い)いそびれる／沒時間說

④表示偶然動作的無意志動詞

出会(であ)う／遇見　隣(とな)り合(あ)う／緊鄰　聞(き)き込(こ)む／無意中聽到

⑤表示受他人支配的無意志動詞

蒙(こうむ)る／蒙受　言(い)いつかる／接受吩咐　授(さず)かる／接受

助(たす)かる／得救　預(あず)かる／受託

⑥表示可能的無意志動詞

できる／能　分(わ)かる／懂　飛(と)べる／能飛

話(はな)せる／能說　見(み)える／看得見　聞(き)こえる／聽得見

上述①②表示人的生理、心理現象，因為人的意志左右不了，因此是無意志動詞，而③④⑤⑥的動詞是很容易引起人們的誤解的，以為這些動詞所表示的動作，絕大多數是人的動作，但實際上他們都不是動作主體有意識進行的，或是被其他人所左右的動作，而⑥中的動詞則是表示能這一狀態，也歸類在無意志動詞的範圍。

(2)無情物的無意志動詞

所謂無情物是指植物、礦物、自然現象、物理現象以及一些抽象事物等，表示這些東西、動作、狀態的動詞則是無情物的無意志動詞。

①表示植物狀態的無意志動詞

育（そだ）つ／成長　咲（さ）く／開花　実（みの）る／結果

茂（しげ）る／繁茂　枯（か）れる／枯委

②表示自然現象的無意志動詞

輝（かがや）く／發光　照（て）る／照　晴（は）れる／晴天

降（ふ）る／下雨　吹（ふ）く／颱風　燃（も）える／燃燒

③表示物理變化的無意志動詞

崩れる／崩壞　壊れる／壞　溜まる／累積

流れる／流動　増える／増加　減る／減少

広がる／擴大　縮む／收縮

④表示抽象事物的無意志動詞

当てはまる／適用　余る／余　終わる／完了

食い違う／不相符　行き詰まる／走投無路　始まる／開始

上述無情物的無意志動詞多是自動詞，但與它們對應的他動詞則是意志動詞。例如：

自動詞	他動詞
育つ（無意志動詞）	育てる（意志動詞）
燃える（無意志動詞）	燃やす（意志動詞）
崩れる（無意志動詞）	崩す（意志動詞）
流れる（無意志動詞）	流す（意志動詞）

以上所舉的只是一些單一的動詞，如果在句子中或打算使用某一動詞時，如何來區分它們呢？簡單地說，首先應從詞義是否有意識地進行，另外還可以看這個動詞是否有命令形或能否構成命令句來判斷，反之則是無意志動詞。例如：

○もっと早(はや)く走(はし)れ。

／再跑快一點！

○帽子(ぼうし)を脱(ぬ)ぎなさい。

／請把帽子摘掉。

○よく聞(き)いてください。

／請好好聽著。

×驚(おどろ)け。

×酔払(よっぱら)え。

上述句子裡的走(はし)る、脱(ぬ)ぐ、聞(き)く用命令形或構成命令句都通，因此它們都是意志動詞；而驚(おどろ)く、酔払(よっぱら)う用命令形則無法成為有意義的句子，因此都是無意志動詞。

有幾個無意志動詞可以使用命令形，但這只是少數例外。例如：

○黙(だま)れ！

／閉嘴！

○明日(あした)天気(てんき)になれ！

／明天變成好天氣吧！

黙(だま)る是表示生理現象的無意志動詞，但也可以用命令形黙(だま)れ，這只是個別的例外。

而天気(てんき)になる用天気(てんき)になれ！也只是用來表示願望，而不是直接的命令。

2 意志動詞、無意志動詞的用法

（1）意志動詞有命令形或構成命令句；無意志動詞沒有命令形，也不能構成命令句。

這點已在前一節中提到就不再舉例說明。

（2）意志動詞可以在下面接助動詞う、よう（或ましょう）、まい表示決意、勸誘，也可以接形式名詞つもりだ表示打算；而意志動詞下面接う、よう、まい時一般只表示推量，不能表示決意、勸誘，當然也不能在下面接つもりだ等。例如：

○もう時間（じかん）です。そろそろ出掛（でか）けましょう。（出掛（でか）ける為意志動詞）

／時間已經到了，我們該走了吧！

○二人(ふたり)で行(い)こう。（行(い)く為意志動詞）

／我們兩個一起去吧！

○決(けっ)してそんなことをやるまい。（やる為意志動詞）

／絕不做那種事。

○私(わたし)はその会(かい)に出(で)るつもりです。（出(で)る為意志動詞）

／我也打算出席那場會議。

上述句子裡的ましょう、う、まい、つもりだ分別表示勸誘、決意、打算。

○これだけ仕事(しごと)を手伝(てつだ)えば、お母(かあ)さんが助(たす)かろう。（助(たす)かる為無意志動詞）

／你幫這些忙，媽媽就省事多了。

○あの学生(がくせい)なら、これぐらいの問題(もんだい)は出来(でき)よう。（出(で)きる為無意志動詞）

／如果是那個學生，這種程度的問題他答得出來的。

○君(きみ)にはこの問題(もんだい)は分(わ)かるまい。（分(わ)かる為無意志動詞）

／這個問題你是不會懂的吧！

上述句子裡的う、よう、まい都接在無意志動詞下面。因此都表示推量。

×やれるつもりでやったのです。（やれる為無意志動詞）↓○やれると思ってやったのです。

／我認為可行才做的。

這個句子之所以錯誤是因為，やれる是無意志動詞不能接つもりだ。

（3）意志動詞可以接～てはいけない、～てはならない等助詞な，構成禁止命令句：而無意志動詞絕大部分不能構成禁止命令句。例如：

○私たちは決して時間を無駄にしてはならない。（無駄にする為意志動詞）

／我們千萬不可以浪費時間。

○危ないですから近寄ってはいけません。（近寄る為意志動詞）

／危險，不要靠近！

○勝手に帰るものじゃない。（帰る為意志動詞）

／不要隨便回去！

○天気が悪いから何処へも行くな。（行く為意志動詞）

／天氣不好，哪也去不了！

由於無意志動詞下面不能接～てはいけない、～てはならない、な等構成禁止命令句，因此下面兩個句子是錯誤的。

×太(ふと)るな。（太(ふと)る為無意志動詞）→○太(ふと)らないように気(き)をつけなさい。

／注意點，不要再胖了！

×雨(あめ)が降(ふ)るな。（降(ふ)る為無意志動詞）→○雨(あめ)が降(ふ)らないように。

／我真希望不要再下雨了。

但有情物的心理現象以及由於心理上的原因，所表現出來的生理現象，這類的無意志動詞，有部份是可以在下面接～てはいけない、～てはならない、な等可以構成禁止命令句的。

例如：

慌(あわ)てる／慌　驚(おどろ)く／吃驚　びっくりする／吃驚

怖(こわ)がる／怕　躊躇(ためら)う／猶豫　のぼせる／上火

くたばる／死、垮　しょげる／洩氣、灰心

上述動詞雖是無意志動詞，但可以在下面接な、～てはいけない等構成禁止命令句。例如：

○躊躇うな。早くやってくれ！

／不要猶豫了，快做吧！

○驚くな。

／別被嚇到。

○くたばるな。

／別這麼快倒下。

○しょげてはいけません。

／不要灰心洩氣！

（4）意志動詞下面可以接助動詞たい，表示希望；無意志動詞下面不能接たい。例如：

○行きたければ行ってもいい。（行く為意志動詞）

／你想去的話，也可以去。

○一日早くあなたに会いたかった。（会う為意志動詞）

／我真想早一天見到你。

○家のことで二三日休みたいのですが。（休む為意志動詞）

／因為家裡有事，我想請兩三天的假。

不能用無意志動詞＋たい句型，因此是錯誤的。

×内山先生に出会いたいですが。（出会う為無意志動詞）↓○内山先生に会いたいのですが。

／我想見一見内山老師。

×自由に日本語が話せたいです。（話せる為無意志動詞。）↓○自由に日本語が話せるようになりたいです。

／我真希望能快一點流利順暢地說日話。

（5）意志動詞下面接可能動詞或接～ことができる構成表示可能的句子；無意志動詞則不能接可能助動詞，也不能接～ことができる。例如：

○日本語の新聞がまだ読めません。（読む為意志動詞）

／還無法看日文報紙。

○早く寝れば早く起きられます。（起きる為意志動詞）

／早點睡就能早點起床。

○彼はまだ泳ぐことができません。（泳ぐ為意志動詞）

／他還不會游泳。

下面句子裡的動詞都是無意志動詞，下面接用了～ことができません，在中文裡雖然可以說不能、不會，但日語裡沒有這種說法，因此都是錯誤的。

×彼は慌てることができません。（慌てる為無意志動詞）↓○彼は慌てることはありません。

／他不會慌慌張張的。

×明日も晴れることができません。（晴れる為無意志動詞）↓○明日も晴れないでしょう。

／明天也不會放晴吧！

(6) 意志動詞下面可以接～てやる、～てあげる、～てくれる、～てもらう**；無意志動詞下面不能接這些補助動詞。例如：**

○僕は李さんにお金を貸してあげた。（貸す為意志動詞）

／我把錢借給了李先生。

○親切な人が席を譲ってくれた。（譲る為意志動詞）

／親切的人把座位讓給了我。

○兄にそのところを教えてもらいました。（教える為意志動詞）

／那部分我請哥哥教我了。

但無意志動詞下面不能接這類補助動詞，因此下面的句子是錯誤的。

×兄は助かってくれました。（助かる為無意志動詞）↓○兄は助けてくれました。

／哥哥幫了我。

×花が咲いてくれました。（咲く為無意志動詞）↓○花が咲きました。

／花開了。

另外意志動詞下面，還可以接～ておく、～てみる、～てみせる等；而無意志動詞下面，則不能接這些補助動詞。關於這些用法，請參看本書第九章有相關說明。

另外在這裡補充一點：無意志動詞接使役動詞せる、させる後，這一動詞的使役態，如実らせる、降らせる、がっかりさせる、驚かせる等則成為意志表現，和意志動詞的用法相同。例如：

○奴らを驚かせよう。（驚かせる起意志動詞作用）

／讓他們吃一驚！

○彼らをがっかりさせていけません。（がっかりする起意志動詞作用）

／別讓他們失望！

○もっと大きな実を実らせてみましょう。（実らせる起意志動詞作用）

／試著讓它結出個更大的果實吧！

3 意志動詞與無意志動詞兩用的動詞

如前所述，有的動詞既可以作自動詞也可以是他動詞，有的動詞也是既可以做意志動詞，也可以作無意志動詞的，也就是說有的動詞是意志動詞與無意志動詞兩用的。不過動詞兩用時，意義往往是不同的。意志動詞多表示有情物的具體動作、活動；而無意志動詞則多表示無情物所處的狀態、情況。例如含有移動意思的行(い)く、来(く)る、登(のぼ)る、上(あ)がる、下(お)りる、下(く)だる、入(はい)る以及残(のこ)る、なくす等都是兩用的動詞。例如：

①○彼(かれ)も一緒(いっしょ)に行(い)った。（行(い)く為意志動詞）

／他也一起去了。

○工事(こうじ)はうまく行(い)かなかった。（行(い)く為無意志動詞）

／工程進行得不順利。

②
○弟も一緒に来た。（来る為意志動詞）
／弟弟也一起來了。
○それは食べ過ぎから来る病気だ。（来る為意志動詞）
／那是由於吃太多而引起的疾病。

③
○彼も演壇に上がって話をした。（上がる為意志動詞）
／他也走上講台發表了談話。
○気温が急に上がって暑くなった。（上がる為無意志動詞）
／氣溫突然上升，變熱了起來。

④
○悪い癖をなくしましょう。（なくす為意志動詞）
／把壞毛病改掉吧！
○電車の中で財布をなくしました。（なくす為意志動詞）
／在電車上丟了銭包。

⑤
○僕は家に残ります。（残る為意志動詞）
／我留在家裡。
○ご飯がうんと残りました。（残る為無意志動詞）
／飯剩下了好多。

以上所舉出的例句，只是常見的少部分，其他的一些意志動詞、無意志動詞，希望讀者自己能夠分析、識別。

由於有些動詞可以兩用，因此作意志動詞用時，可以在下面接意志動詞可接的詞；而作無意志動詞用時則不能。例如：

①○彼も一緒に行くことができる。（行く為意志動詞）

／他也可以一起去。

×工事はうまく行くことができた。（行く為無意志動詞）→○工事はうまく行った。

／工程順利地進行了。

②○子供だから、バーには入れない。（入る為意志動詞）

／因為是個孩子，不能進酒吧。

×鞄が小さいから、もう入れない（入る為無意志動詞）→○鞄が小さいからもう入らない。

／因為手提包小，再也裝不下了。

③○夜になると、私は一人で家に残れない。（残る為意志動詞）

／每到夜晚，我就無法一個人待在家。

×物価がどんどん上がって毎月お金が少しも残れない。（残る為意志動詞）↓○物価がどんどん上がって毎月お金が少しも残らない。

／物價飆漲，每個月都沒有存到錢。

上述句子裡的行く、残る、入る本來是意志動詞，可以在下面接れる、られる或～ことができる；但作為無意志動詞時則不能。

有些表示有情物生理狀態的無意志動詞，有時也可以作意志動詞來用，在下面接意志動詞可以接的詞。例如：

①○もう生きる望みがなくなった。早く死にたい。（死ぬ為意志動詞）

／已經沒有活下去的希望，真想快點死一死。

②○隣の部屋がうるさくてなかなか眠れない。（眠る為意志動詞）

／隔壁鄰居太吵了，怎麼也睡不著。

③○相手を恐れてはいけない。（恐れる為意志動詞）

／不要怕對方。

④〇嫌（いや）がってはいけない。（嫌（いや）がる為意志動詞）

／不能討厭。

上述句子裡的死（し）ぬ、眠（ねむ）る、恐（おそ）れる、嫌（いや）がる本來都是無意志動詞，在這裡作意志動詞來用，因此在下面接了たい、れる、～てはいけない。

第四章

狀態動詞、繼續動詞、瞬間動詞、第四類動詞

日本語言學者金田一春彥教授根據動詞的アスペクト（日語也稱作相，中文有人譯作體或態），即根據動詞所表示的動作在一段時間裡所處的情況、位置，將動詞分為狀態動詞、繼續動詞、瞬間動詞以及第四類動詞。

1 四種動詞的特點及區別

1 狀態動詞

這類動詞一般是用來表示狀態、存在的詞。例如：

いる／在、有　ある／在、有　おる／在、有

要（よう）する／需要　値（あたい）する／值　過（す）ぎる／過於…

一些表示可能或含有可能意義的詞，也屬於這類動詞。例如：

読（よ）める／能唸　飛（と）べる／能飛　走（はし）れる／能跑

分（わ）かる／懂　できる／會、能　見（み）える／看得見

聞（き）こえる／聽得見　見付（みつ）かる／找到

這類動詞超越了時間觀念，一般在下面不能接～ている。例如：

○家の前には小さい川がある。（×あっている）

／我家門前有小河。

○この帽子は大き過ぎる。（×大き過ぎている）

／這個帽子太大了。

○成功には努力を要する。（×要している）

／成功需要努力。

○猫の目は暗い所でも見える。（×見えている）

／貓的眼睛在暗處也能看得見。

○一時間に五ページぐらいは読める。（×読めている）

／一小時能看五頁左右。

值得注意的是分かる這一動詞，它含有能的意思，屬於這一類動詞，因此一般不用分かっている。但在現實語言生活中，也有人這麼用，這是不太好的表現方式。例如：

○「私(わたし)の話(はなし)が分(わ)かりますか。」

／聽得懂我說的話嗎？

？「はい、分(わ)かっています」→○「はい、分(わ)かります」。

／是，我懂。

在這裡用分(わ)かっています含有強調我本來就知道的語感，給人一種傲慢的感覺，想表達本來就知道時用分(わ)かります就可以了。

2 繼續動詞

一般是用來講在某段時間裡，一直進行某種活動或作用。這類動詞在全部動詞中占了很多大的比例。例如：

読(よ)む／唸；閱讀	書(か)く／寫	歌(うた)う／唱歌
見(み)る／看	聞(き)く／聽	勉強(べんきょう)する／用功
考(かんが)える／想	吹(ふ)く／颳（風）	降(ふ)る／下（雨）
走(はし)る／跑	泳(およ)ぐ／游泳	泣(な)く／哭

它們可以在下面接～ている與～ている最中だ、～つつある意思相同，表示動作正在進行。相當於中文的正在…、在。例如：

○皆一生懸命に勉強している。

／大家正在拼命用功。

○山田先生は今論文を書いている。

／山田老師在寫論文。

○子供たちは日本の歌を歌っている。

／孩子們在唱日文歌。

○雨がしとしと降っている。

／雨正淅瀝嘩啦地下著。

○皆大掃除をしている。

／大家在大掃除。

上述繼續動詞後接～ている表示動作正在進行。

3 瞬間動詞

這類動詞表示某一瞬間完成某一動作或發生某種作用。例如：

死ぬ／死　　着く／到達　　卒業する／畢業
結婚する／結婚　　知る／知道　　覚える／記、記憶
始まる／開始　　終わる／完、終了　　降り出す／開始下（雨）
止む／停止　　咲く／開（花）　　起きる／起來

這類動詞下面接～ている時，表示動作完了後其結果的持續。如下面的第一個句子中的死ぬ它是瞬間動詞，表示一斷氣，死這一動作則就已完成。而死んでいる則表示死ぬ這一動作完成後其結果的持續。其他瞬間動詞下面接～ている時也都是這種含義。可譯作中文的…了、…著。例如：

○その蛇はもう死んでいる。
／那條蛇已經死了。
○汽車はもう駅に着いている。
／火車已經到站了。
○一行はもう出発している。
／一行人已經出發了。

○会議(かいぎ)はもう始(はじ)まっている。

／會議已經開始了。

○窓(まど)が開(あ)いている。

／窗子正開著。

○電燈(でんとう)がついている。

／電燈正亮著。

上述句子中的動詞都是瞬間動詞，在它們下面接了～ている則表示動作結果的持續。如最後一句ついている表示電燈點著了現在仍亮著；～始(はじ)まっている則表示會議已經開始了，現在仍在繼續，其他句子也都是如此。

在這類動詞中值得注意的是知(し)る、分(わ)かる、覚(おぼ)える這一些易混肴的動詞用法。

知(し)る與分(わ)かる，前者表示知道，後者表示懂，從意義上來說兩者很近似，但講懂時一般用分(わ)かる，而很少用分(わ)かっている。而講知道時，則要用知(し)っている，而不用分(わ)かる。它們之所以有這種差別，是因為分(わ)かる表示的是現在才懂的這一狀態，是狀態動詞，而知(し)る表示的是某一時候知道了，是瞬間動詞，知(し)る（知道、認識）這一動作在一瞬間就可以完成，之後知(し)る的結果一直持續著，現在仍然知道、認識，因此用知っている。例如：

○あのことは前から知っています。

／那件事情我早就知道了。

○あの方を知っていますか。

／你認識那個人嗎？

覚える（記得）這個動詞與知る用法相同，表示記得時，要用覚えている，而不用覚える，因為覚える是瞬間動詞，覚える（記得）這一動作短時間，甚至一瞬間就可以完成，之後記得這一動作的結果一直會持續著，因此用覚えている，而不用覚える。例如：

○「小さい時のことをまだ覚えていますか。」「はい、覚えています。」

／「小時候的事情，你還記得嗎？」「是的，我還記得。」

由於上述原因，覚えています的使用頻率較高。如果用覚えます時，則是表示單一動作的記的意思。例如：

○毎日単語を三十ずつ覚えます。

／每天記三十個單字。

④第四類動詞

它是表示狀態的動詞，因此有人稱為準狀態動詞，也有人稱類狀態動詞，本書為了避免發生誤解，使用金田一春彥教授所說的第四類動詞一稱呼。例如：

似る／相像　富む／豐富　優れる／優秀
劣る／差、劣　帯びる／帶有　馬鹿げる／糊塗
ずばぬける／突出　透通る／透明　痩せる／瘦
太る／胖　疲れる／累　くたびれる／累極

擬聲擬態動詞也屬於這類動詞。例如：

ぴかぴかする／閃閃發光　びくびくする／提心吊膽
がっちりする／結實　しっかりする／堅定、堅決

另外下面這樣用する構成的短語也屬於這類動詞。例如：

高い鼻をする／有個高挺的鼻子
丸い顔をする／有張圓臉

立派な体をする／有挺拔的身材

変な形をする／奇怪的形狀

這類動詞與前面第一類狀態動詞不同的是：狀態動詞表示事物處於某種狀態，而不能後接～ている；而這類動詞表示事物本身帶有某種性質、帶有某種狀態，它們作述語時一般都用～ている（或用～ていた、～ていない）的形式，而作連體修飾語時則多用～ていた體言。

例如：

①○兄弟は非常に似ている。

／兄弟兩個人長很像。

○金星は地球に似た星だ。

／金星是和地球相似的星球。

②○彼の、企業を運営する能力は非常に優れている。

／他經營企業的能力很強。

○野村は成績の優れた学生だ。

／野村是一個成績優秀的學生。

③〇多く高い建物が聳えている。

／聳立著許多高樓。

〇高く聳えた東京タワー。

／高高聳立的東京塔。

④〇彼は病気で大分痩せている。

／他因為生病瘦了很多！

〇姉は痩せた人だ。

／姐姐是個纖瘦的人。

⑤〇靴はぴかぴかしている。

／皮鞋閃閃發光。

〇ぴかぴかした靴を履いている。

／穿著閃亮的皮鞋。

⑥〇あの人は青い目をしている。

／那個人有一雙藍眼睛。

〇それは西洋人のような目をした人だ。

／那是個有雙外國人眼睛的人。

上述句子中的動詞都是第四類動詞，作述語時用～ている；作連體修飾語時多用～した體言。

5 作兩類動詞用的動詞

以上是根據アスペクト（相）對動詞所進行的分類，但在實際使用上兼作兩類的動詞是不少的。屬於這類的同一個動詞在下面接～ている時，表示不同的意思。

（1）繼續動詞、瞬間動詞兩用的動詞

這類動詞比較少，如表示移動的動詞，如来る、行く、入る、出る、登る、下る等就是兩用的動詞，這些動詞下面接～ている時，既可以表示移動的進行，也可以表示移動結果的持續，因而是兩用動詞。例如：

①○今こちらへ来ている。（作繼續動詞用，表示動作的進行）

／現在正往這裡來。

○もうこちらに来(き)ている。（作瞬間動詞用，表示動作結果的持續）

／已經在這裡了。

②○皆(みんな)は急(いそ)ぎ足(あし)で坂(さか)を登(のぼ)っている。（繼續動詞，表示動作的進行）

／大家邁著急促的腳步，正往山坡上走。

○何(なん)だってそんな所(ところ)に登(のぼ)っているんだ。早(はや)く下(お)りて。（瞬間動詞，表示動作結果的持續）

／為什麼爬到那個地方去了，快下來！

③○雨(あめ)は滝(たき)のように落(お)ちている。（繼續動詞，表示動作的進行）

／雨像瀑布一樣地下著。

○廊下(ろうか)にはごみが落(お)ちている。（瞬間動詞，表示動作結果的持續）

／走廊下散落著垃圾。

④○彼(かれ)はジャージャー水(みず)を出(だ)している私(わたし)を見(み)て聞(き)いた。（繼續動詞，表示動作的進行）

／我嘩啦嘩啦地放水時，他正看著我問話。

○彼(かれ)は窓(まど)から頭(あたま)を出(だ)している。（瞬間動詞，表示動作結果的持續）

／他從窗戶裡探出頭來。

死ぬ一般是作為瞬間動詞來用的，但有時也作繼續動詞來用。例如：

⑤〇その蛇は死んでいる。（瞬間動詞，表示動作結果的持續）

／那條蛇死了。

〇伝染病で鶏がどんどん死んでいる。（繼續動詞，表示動作的正在進行）

／因為傳染病，雞不斷地死去。

以上是繼續動詞與瞬間動詞兩用的動詞。

(2) 瞬間動詞與第四類動詞兩用的動詞

這類動詞沒有上面一類那麼多，如下面的変わる、曲る等則是這類動詞。例如：

①〇風は北風に変っている。（瞬間動詞，表示動作結果的持續）

／風變北風了。

〇彼は性格が変っている。（第四類動詞，表示狀態）

／他的性格怪異。

②〇この釘は曲っている。（瞬間動詞，表示動作結果的持續）

／這個釘子彎了。

○この道は曲っている。（第四類動詞，表示狀態）

／這條路彎彎曲曲。

（3）其它兩用的動詞

できる這個動詞一般是作為第一類狀態動詞來用的，但有時可作為瞬間動詞來用，下面可以接~ている。例如：

○彼は日本語ができる。（狀態動詞，表示狀態）

／他會說日語。

○日本の多くの家は木でできている。（瞬間動詞，表示動作結果的持續）

／很多日本的房子都是木造的。

其次是する這個動詞比較特殊，有時作繼續動詞用，有時作瞬間動詞用。例如：

○兄は日本語の勉強をしている。（繼續動詞，表示動作的進行）

／哥哥在學日語。

○姉はお医者さんをしている。（瞬間動詞，表示動作結果的持續）

／姐姐是醫生。

同時する還可以作第四類動詞來用，也可以作狀態動詞來用。

～体をする、～目をする中的する則屬於第四類動詞，一般用～している作述語，用～した體言作連體修飾語。例如：

○兄はとてもいい体をしている。（第四類動詞，表示狀態）

／哥哥的身體很好。

○彼女は大きな目をした美しい人だ。（第四類動詞，表示狀態）

／她是個大眼美女。

而～音がする、～声がする、～味がする、匂いがする的する，則是狀態動詞，一般不能在下面接～ている。例如：

○それはどんな味がしますか。（狀態動詞，表示狀態）（×味がしていますか）

／那是什麼味道？

○レストランの前を通る、いい匂いがします。（狀態動詞，表示狀態）（×匂いがしている）

／從餐廳前經過就聞到香味。

○あの人に会ってどんな感じがしましたか。（狀態動詞，表示狀態）（×感じがしていま

したか）

／你見到那個人有甚麼感覺？

する最後這兩個用法，即～体(からだ)をする與～味(あじ)がする兩者形態近似，很容易搞錯。但用～をする時，する是第四類動詞，要用～している；而用～がする時，する則是狀態動詞，不能在下面接～している。同時也應注意助詞を與が的搭配。

可以兩用的動詞還有一些，在此就不再一一舉例說明。

2 四種動詞的常用語法關係

1 まで、までに與四種動詞的關係

在一些句子裡表示到某一時間時，有時用まで，有時用までに。例如：

○二十日（はつか）まで出演（しゅつえん）する。

／上映到二十號。

○二十日（はつか）までに出発（しゅっぱつ）する。

／在二十號以前出發。

○二十日（はつか）まで出発（しゅっぱつ）しなかった。

／到二十號還沒有出發。

簡單來說，是根據下面所用的動詞不同而選擇用まで或までに。一般說下面所用的動詞是繼續動詞、狀態動詞、第四類動詞的肯定與否定形都要用まで，表示這一動作、狀態一直持續到某一時間；而後面所用的動詞是瞬間動詞時，則要用までに，表示到某一時間為止的一段時間裡，某一時刻的動作，特別注意瞬間動詞的否定形要用まで，表示這一否定狀態一直繼續到某一時間。上述句子裡的第一句出演する是繼續動詞，因此用まで；第二句出発する是瞬間動詞，用までに表示到二十號以前的某一時刻出發。第三句述語是出発しなかった，含否定因此用まで，表示在二十號以前一直沒有出發。

下面的一些句子也都是如此的：述語所用的動詞是繼續動詞、狀態動詞、第四類動詞的肯定形、否定形以及瞬間動詞的否定形時都用まで；而述語是瞬間動詞的肯定形時則用までに。

例如：

○六時までお待ちします。（繼續動詞）

／我等到六點。

○六時までに参ります。（瞬間動詞）

／我六點前會到。

○六時まで行きませんでした。（瞬間動詞否定形）

／六點前沒有去。

○夕方まで学校にいました。（狀態動詞）

／在學校待到傍晚。

○夕方までに着きます。（瞬間動詞）

／在傍晚前到。

○夕方まで着きませんでした。（瞬間動詞的否定形）

／在傍晚前沒有到。

有時同一個動詞既可以用まで，也可以用までに，這時這個動詞屬於兩用的動詞，如作繼續動詞時則用まで；作瞬間動詞時則用までに。例如：

○来月二十日まで帰ります。（作繼續動詞）

／他回來待到下個月二十號。

○来月二十日までに帰ります。（作瞬間動詞）

／他在下個月二十號以前回來。

還有下面這種情況，用動詞辭書型與動詞ている時，也要判斷該用まで或までに。

例如：

○李さんは十二時までこちらに来ていました。

／李先生在這裡一直待到十二點。

○李さんは十二時まで来るでしょう。

／李先生在十二點以前會來吧。

上述兩個句子的述語都是来る，但前一個句子用了まで，後一個句子用了までに，之所以有這種不同，是由於下面這種原因的：後一個句子的来る是瞬間動詞，因此用までに；而前一個句子裡的来ている，則表示瞬間動詞来る的動作持續，即來了後一直待在這裡，因此用まで。

②補助動詞～始める、～続ける、～終わる等與四種動詞的關係

一般說，這些表示アスペクト的補助動詞只能接在繼續動詞下面，表示動作的開始、繼續、完了。例如：

○妹は二年前からピアノを習い始めた。

／妹妹從兩年前開始學鋼琴。

○火事になった家は三時間も燃え続けた。

／著了火的房子延燒了三個小時。

○窓ガラスを拭き終わったら窓を閉めなさい。

／擦完玻璃後，請把窗子關上！

其他三種動詞一般是不能接上述這些補助動詞的。例如：

×あなたがこう言って私はやっと分かり始めた。↓○あなたがこう言って私はやっと分かるようになった。

／你這麼一說，我才懂。

但少數瞬間動詞可以在下面接用上面三種補助動詞，表示不同的動作主體的相同動作的開始、繼續、終了等。例如：

○人々ぞろぞろ帰り始めた。

／人們開始慢慢地回去了。

○次から次へ嫌な事件が起こり続けた。

／一個接一個連續不斷地發生了不好的事件。

第五章 可能動詞

前面幾章是從各種不同角度就動詞進行分類所作的說明。也就是由自動詞與他動詞構成了整個動詞；意志動詞與無意志動詞也構成了整個動詞；繼續動詞等四種動詞也是構成了整個動詞。而可能動詞則只是動詞中具有可能這一特點的少部分動詞，它們都是由五段活用動詞轉化而來，並具有同一語法特點。

1 可能動詞是什麼樣的動詞

可能動詞從形態上來看，是下一段活用動詞的一種，如前所述是由五段活用動詞轉化而來的。大部分五段活用動詞在下面接可能動詞れる後，經過約音而轉化為可能動詞。例如：

五段活用動詞	下接れる	可能動詞
書(か)く（他）／寫	→書(か)かれる	→書(か)ける（自）／能寫
泳(およ)ぐ（自）／游泳	→泳(およ)がれる	→泳(およ)げる（自）／能游
話(はな)す（他）／說	→話(はな)される	→話(はな)せる（自）／能說
勝(か)つ（自）／贏	→勝(か)たれる	→勝(か)てる（自）／能贏
死(し)ぬ（自）／寫	→死(し)なれる	→死(し)ねる（自）／能死
飛(と)ぶ（自）／飛	→飛(と)ばれる	→飛(と)べる（自）／能飛

読む（他）／唸　↓読まれる　↓読める（自）／能唸

帰る（自）／回去　↓帰られる　↓帰れる（自）／能回去

歌う（他）／唱歌　↓歌われる　↓歌える（自）／能唱

但也有極少數的五段活用動詞是不能轉化成可能動詞的。例如：

×ある（自）／有×あられる↓×あれる

×蹴る（他）／踢×蹴られる↓×蹴れる

從意思上來看，可能動詞是在原五段活用動詞的語意基礎上，又增添了可能的含義，因此稱之為可能動詞。它們表示某種事物或某個人有無某種能力或有無實現某種活動的可能性。它是說明事物的狀態而不是表示動作本身，因此他動詞也就失去了他動詞的性質，變成了自動詞，因此所有的可能動詞都是自動詞。

有的學者認為分かる、見える、聞こえる也是可能動詞，也有的學者認為覚えられる、来られる等是可能動詞。本書沒有將上述兩類劃為可能動詞，而稱前者為具有可能含義的自動詞；稱後者為表示可能的連語。

2 可能動詞的語法特點

（1）可能動詞一般是在意志動詞下面接れる經過約音轉化而來的，轉化後的可能動詞成為無意志動詞，因此它不用命令形，也不能在下面接助動詞よう，表示意志、勸誘。例如：

意志動詞　下面接れる　無意志動詞

働く（自）／工作　↓働ける　↓働ける（自）／能工作

買う（他）／買　↓買われる　↓買える（自）／能買

如果不是意志動詞的五段活用動詞，則不能在下面接可能動詞れる轉化為可能動詞，如下面的說法是不通的。例如：

×咲く（自）／開花↓×咲かれる↓×咲ける

×降(ふ)る（自）／下（雨）↓×降(ふ)られる↓×降(ふ)れる

×喜(よろこ)ぶ（自）／高興　↓×喜(よろこ)ばれる↓×喜(よろこ)べる

可能動詞除了不能用命令形，不能在下面接よう表示意志、勸誘外，其他幾個活用都是可以使用的。例如：

下面以読(よ)める為例：

★未然形

○この本(ほん)は難(むずか)しくて読(よ)めない。

／這本書很難懂，沒辦法讀。

★連用形

○あなたは日本語(にほんご)の新聞(しんぶん)が読(よ)めますか。

／你能閱讀日文報紙嗎？

★終止形

○日本語(にほんご)の新聞(しんぶん)も読(よ)める。

／也能看日文報紙。

★連體形

○日本語の新聞の読める学生は四五人いる。

／有四、五個學生能看日文報紙。

★假定形

○日本語の小説が読めれば満足だ。

／如果能看得懂日文小說，就滿足了。

★命令形　無

(2)可能動詞轉化前的動詞，雖是一些動作動詞（包括繼續動詞、瞬間動詞），但轉化為可能動詞後，則成為狀態動詞。這時則具有狀態動詞的特點：不能在下面接～ている，一般只能用終止形表示的現在式，或用過去式～だ，或在未然形下面接～ない。例如：

○僕はもっと早く走れる。

／我能跑得更快。

○もうこれ以上早く走れない。

／無法跑得更快了。

○中学生にいた時もっと早く走れた。

／國中的時候，我跑得更快。

×今もっと早く走れているか。↓○今はもっと早く走れるか。

／現在還能跑得更快嗎？

(3) 他動詞轉化來的可能動詞時，原本他動詞前面的受詞已不再是受詞，而轉換為所謂的對象語，因此用が來代替助詞を；而原本的主語則搭配は或には。

例如：

○彼には（は）日本語の新聞が読めます。

／他能閱讀日文報紙。

○私には日本語で手紙が書けます。

／我能用日文寫信。

○妹には日本語の歌が歌えます。

／妹妹會唱日語歌。

○お爺さんにはうんと酒が飲めます。

／爺爺很能喝酒。

3 可能動詞的幾種含義

如前所述，可能動詞大致表示下面幾種意思：

(1) 表示實現某種動作或狀態的可能性或能力。這是可能動詞的基本含義，也是最常見的用法。相當於中文的能。例如：

○兄(あに)はフランス語(ご)が話(はな)せます。

／哥哥會講法語。

○李君(りくん)は五千(ごせん)メートルも泳(およ)げます。

／李先生能游五千公尺。

○ここまで来(く)ればもう一人(ひとり)で帰(かえ)れます。

／走到這裡的話，我自己回得去了。

○お爺さんならまだ富士山は登れます。
／是爺爺的話，還能爬上富士山呢。
○車で行けば三十分間で行けます。
／要是開車去，三十分鐘可以到。
○相手には勝てないことはない。
／不會贏不了對方的。

（2）表示允許的動作。相當於中文的可以。例如：

○月末までここで泊まれる。
／可以在這裡住到月底。
○二十日までは待てる。
／可以等到二十號。
○あの部屋では煙草が吸えます。
／在那個房間裡可以抽菸。
○医者でなければ、その部屋には入れません。
／不是醫生，不能進那個房間。

○このパンフレットは誰でも読めますか。

／這本小冊子誰都可以看嗎？

(3) 表示值得。可譯作中文的可、值得。

○なかなか読める小説だ。

／是值得一讀的小說。

○そこは行けるところだ。

／那是值得一去的地方。

(4) 可能動詞以～た的形式出現，表示完成的動作。可譯作中文的～好等，也可以根據句子的前後關係適當地譯成中文。

○よく書けました。

／寫得很好。

○はい、はさみが研げました。

／是！剪刀磨好了。

○あれを町へ持って行って大変高い値段で売れました。

／把它拿到街上去，賣了很高的價錢。

（5）表示自發的動作，少數與感情或思維有關的動詞，轉化為可能動詞時，表示自發的動作，因此有的學者稱之為自發動詞。本書認為它是可能動詞的一種用法，其數量較少，常用的有：

思える／不由得想起　偲べる／不由得憶起、懷念起

泣ける／不由得哭了　笑える／不由得笑了出來

可譯作中文的不由得、自然、禁不住等。

○私にはどうしてもそう思える。

／我不由得那麼想。

○あのことを思い出すと、一人で笑えてくる。

／每想起那件事，總忍不住笑了出來。

○あなたの手紙を読むと、思わず泣けてくる。

／看了你的信，不由得流下了眼淚。

○これらのノートを見ても彼がいかに勤勉であるかが知れる。

／從這些筆記中看得出來他有多認真。

4 可能動詞與同形下一段自動詞

可能動詞有時與下一段活用自動詞形態相同，但意思不同導致容易混淆。例如：

○この庖丁は鉄が切れる。（可能動詞）

／這把菜刀砍得動鐵。

○この庖丁は切れる。（下一段活用動詞）

／這把菜刀很利。

上述兩個句子裡的述語都是切れる，形態相同但意思不同：前一句用AはBが切れる句型，其中的切れる表示切得動、砍得動，是可能動詞，後一句用Aは切れる句型，句子裡沒有Bが，這時的切れる則是下一段活用自動詞。表示（刀）利。

在日語裡和切れる這種情況相同的還有売れる、取れる、抜ける、焼ける、折れる、脱げる、裂(さ)ける、解(と)ける等。例如：

○一日(いちにち)テレビが百台(ひゃくだい)ぐらい売(う)れる。（可能動詞）

／一天可以賣一百台左右的電視。

○テレビはよく売(う)れる。（下一段活用自動詞）

／電視機很暢銷。

前一個句子是由ＡはＢが売(う)れる句型轉化而來的，因此其中的売(う)れる是可能動詞，表示能賣；而後一個句子裡的売(う)れる則是下一段活用動詞，表示暢銷。再例如：

○彼(かれ)にはその問題(もんだい)が解(と)けるかもしれない。（可能動詞）

／他也許能解開那道題。

○来月(らいげつ)になると、その禁令(きんれい)が解(と)ける。（下一段活用自動詞）

／到了下個月，那條禁令就會解除。

○よく勉強(べんきょう)したからこそ、いい成績(せいせき)が取(と)れたのだ。（可能動詞）

／正因為努力用功，才取得了好成績。

○ボタンが取(と)れた。（下一段活用自動詞）

／鈕扣掉了。

總之可以構成Aには Bが～句型的動詞是可能動詞，並且這一動詞包含有明顯的可能含義；而在句型裡沒有B出現，並且沒有明顯可能含義的，則是下一段活用自動詞。

第六章 移動動詞

移動動詞是表示動作主體在空間裡移動的動詞。移動動詞有表示**有情物（人或其他動物）移動的動詞，這些動詞多是意志動詞。例如：**

歩（ある）く／走　泳（およ）ぐ／游泳　行（い）く／去　出（で）る／出去

還有些表示無情物移動的無意志動詞。例如：

落（お）ちる／落下　滴（したた）る／滴、滴下　浮（う）く／漂浮　沈（しず）まる／下沉

由於無情物的移動動詞和一般動詞的用法沒有很大的差別，因此本書只有就有情物（包括它們所操縱的交通工具）的移動動詞作說明。

1 移動動詞的分類

根據移動動詞在移動過程中所處的階段，可分為下面幾種類型：

（1）表示出發階段的移動動詞。例如：

出(で)る／出去　　立(た)つ／出發

出発(しゅっぱつ)する／出發　　出掛(でか)ける／出發

（2）表示移動階段的移動動詞　它還分為兩種類型：

①表示移動的移動動詞。例如：

歩(ある)く／走　　飛(と)ぶ／飛

行(い)く／去　　登(のぼ)る／登

②表示經過的移動動詞。例如：

通（とお）る／通過　　渡（わた）る／過（河、海）

越（こ）える／越過　　横切（よこぎ）る／横穿、穿過

（3）表示到達的移動動詞這類動詞較少。常用的有：

着（つ）く／到着　　達（たっ）する／達到

上述有些移動動詞，已在本書的第二章**❷具有特殊用法的自動詞**一節中簡單地提到一些，現在在這裡就它們的用法做更深入的說明。

2 表示出發的移動動詞

這類移動動詞常用的有下面一些：

出る／出來　　出発する／出發
立つ／出發　　離れる／離開
降りる／下（車、船）等　　出掛ける／外出

1 語法特點：

（1）這些動詞雖都是自動詞，但前面可以用格助詞を，表示離開的地點。例如：

○兄は故郷を出て東京へ行った。
／哥哥離開了家鄉到東京去了。

○昨夜李先生は台北を立って日本へ行った。

／昨晚李老師從台北出發到日本去了。

○飛行機を下りてからすぐこちらへ来た。

／下飛機之後，就到這裡來了。

（2）它們都是瞬間動詞，在下面接～ている時，表示動作結果的持續。可譯作中文的了等。例如：

○父は出掛けています。

／父親外出了。

○田中さんはもう台北を立っています。

／田中先生已從台北出發。

（3）在這類動詞下面可以接～て行く、～て来る表示出發的方向。可譯作中文的…去。例如：

○お爺さんは朝早く出掛けて行った。

／爺爺早上很早就出去了。

○私は取るものもとらず出てきた。

／我要拿的東西也沒有拿就出來了。

[2] 各個動詞的用法：

①出る　相當於中文的出來、出外。

○毎朝七時に家を出て学校へ行きます。

／每天早上七點從家裡出發上學。

○兄は三年前に大学を出ました。

／哥哥三年前從大學畢業了。

○母は今買物に出ています。

／媽媽外出買東西去了。

這一動詞還可以用～から出る，但～を出る與～から出る的含義不同。～を出る多表示抽象的動作；而用～から出る則表示具體的從某一場所出來，即表示具體的動作：例如：

○二カ月してやっと病院を（×から）出ました。

／住了兩個月好不容易出院了。

○病院から（×を）出て封筒と便箋を買いに行きました。
／從醫院出來，去買信封、信紙去了。
○大学を（×から）出てすぐこの会社に入りました。
／大學畢業以後，立刻就進這家公司了。
○大学から（×を）出てすぐ駅へかけて来ました。
／從大學校園出來，就直奔車站了。

但用於具體的動作，用～から～に出る、～から～へ出る，而不用～を～に出る、～を～へ出る。

例如：

○皆部屋から庭に出ました。
／大家從房間裡出來，到院子裡去了。

用を時，則要用下面的說法。

○皆部屋を出て庭へ行きました。
／大家走出房間到外面來了。

另外動作主體是無情物，表示出來時，一般用から，而不用を。例如：

○月(つき)が東(ひがし)から出(で)た。

／月亮從東方升起了。

○真(ま)っ赤(か)な血(ち)が足(あし)から出(で)て来(き)た。

／鮮紅的血從腿上流了出來。

②出発(しゅっぱつ)する　也相當於中文的出發。

○一行(いっこう)は夜明(よあ)け前(まえ)に山村(やまむら)を出発(しゅっぱつ)しました。

／一行人在天亮以前，從山村出發了。

○登山隊(とざんたい)はもう出発(しゅっぱつ)しています。

／登山隊已經出發了。

它也與出(で)る相同，在動詞前面用に、へ時，則要用～から～に出発(しゅっぱつ)する、から～へ出発(しゅっぱつ)する，而不用～を～に出発(しゅっぱつ)する、～を～へ出発(しゅっぱつ)する。例如：

○明日(あした)の晩(ばん)、李先生(りせんせい)は台北(たいぺい)から日本(にほん)へ出発(しゅっぱつ)します。

／明天晚上，李老師從台北出發到日本去。

③立つ　也表示出發。

○校長先生は昨日の飛行機で台北へ立ちました。

／校長搭昨天的飛機離開了台北。

○登山隊一行はもう基地を立っています。

／登山隊員們已經由基地出發了。

它也和出る、出発する一樣，要用～から～に立つ、～から～へ立つ，而不用、～を～に立つ、～を～へ立つ。例如：

○野村市長は明日の飛行機で東京からアメリカに立つ予定です。

／野村市長預定搭明天的飛機從東京出發到美國去。

④離れる　也表示離開

○故を離れてもう三年経ちました。

／離開家鄉已經三年了。

○飛行機は陸を離れて、まっすぐ北の方へ飛んで行きました。

／飛機離開了陸地，一直向北方飛去了。

⑤降りる　表示下（車、船、飛機等）

○電車を下りて、バスに乗りました。

／下了電車以後，搭公車。

○乗客は下りて来ました。

／乘客下來了。

～を下りて表示離開某一交通工具，因此在講從二樓下來時，一般用二階から下りる，而不用二階を下りる。例如：

○客が来たので、二階から下りて玄関へ行きました。

／因為有客人來了，我從二樓下來去玄關那了。

⑥出掛ける　與出る、出発する的意思大致相同，也表示出發。例如：

○父は今散歩に出掛けています。

／父親現在在外面散步。

○兄は朝の六時に出掛けました。

／哥哥早上六點就走了。

但它使用～を出掛ける時候較少，常見的只有門を出掛ける（從門出去）。

3 表示移動的移動動詞

這類的移動動詞是移動階段中的一種，種類較多，常用的有：

歩（ある）く／走　　走（はし）る／跑

泳（およ）ぐ／游泳　　飛（と）ぶ／飛

滑（すべ）る／滑　　散歩（さんぽ）する／散步

登（のぼ）る／登（山）、爬（山）　　下（くだ）る／下（山、車、船等）

行（い）く／去　　来（く）る／來

① 語法特點：

（1）它們也都是自動詞，但可以用～を動詞，不過這時的を，並不表示離開，

而是表示在某一場所、地點的移動。相當於中文的在。

○人が大勢道を歩いています。

／很多人在街上走。

○お爺さんは毎朝公園の中を散歩したりします。

／爺爺每天早上在公園裡散步。

值得注意的是：這一類動詞中的部分動詞還可以用で表示在某一場所活動，但を與で兩者使用的情況不同：用を時表示在某一空間相當大的範圍內活動，並且是朝著一個方向往前的；而用で則只是表示在某一空間中活動而已。

例如：

○川を（×で）泳いで渡りました。

／在游著過河。

○私たちは毎日プールで（×を）泳ぎます。

／我們每天在泳池裡游泳。

○飛行機が東の空を（×で）南へ飛んで行きました。

／飛機劃過東方的天空往南飛去了。

○雲雀が空を（×で）飛んでいます。

／雲雀在天空中飛。

（2）它們也可以在下面接～ている，但它們表示動作的進行，有時也表示動作結果的持續。例如：

○皆喘ぎ喘ぎ山を登っています。（動作的進行）

／大家氣喘吁吁地往山上爬。

○何だってあんな高いところに登っているんだ。（動作結果的持續）

／為什麼爬到那麼高的地方去了？

（3）除了行く、来る兩個動詞以外，其他動詞也可以用～て行く、～て来る，而在這些移動動詞前面用に、へ等表示：到某地時，要用～に移動動詞て行く、～へ移動動詞て行く，來表示移動的方向，而不用～に移動動詞、～へ移動動詞。例如：

○毎日学校へ歩いて行きます。

／每天走路上學。

○飛行機は南へ飛んで行きました。（×南へ飛ぶ）

／飛機向南飛去了。

但這些移動動詞前面用まで時，則用まで＋移動動詞，表示…到某一地點。

○駅まで歩いて電車に乗ります。（×駅まで歩いて行って）

／徒步到車站，然後坐電車。

○東京まで飛んで四時間しかかからなかった。（×東京まで飛んで行って）

／飛到東京只花了四個小時。

2 每個動詞的用法：

①歩く　走。

○自動車が多すぎて、東京の町の中を歩くのが恐ろしいです。

／車太多，在東京街上走太可怕了。

○遠くないですから歩いて行きましょう。

／距離不太遠，我們走去吧！

②走る（はし）　跑。

○自動車（じどうしゃ）がたくさん道（みち）を走（はし）っています。

／許多汽車在路上跑著。

○地下鉄（ちかてつ）は地下（ちか）を走（はし）ります。

／地下鐵在地底下跑。

○泥棒（どろぼう）は北（きた）の方（ほう）へ走（はし）って行（い）きました。

／小偷往北方跑去了。

③泳ぐ（およ）　游泳。

○李君（りくん）が第二（だいに）コースを泳（およ）いでいます。

／李同學在第二水道游著。

○魚（さかな）が水（みず）の中（なか）で沢山（たくさん）泳（およ）いでいます。

／有許多魚在水裡游著。

○彼（かれ）は水（みず）に飛（と）び込（こ）んで向（むこ）う岸（ぎし）へ泳（およ）いで行（い）きました。

／他跳到水裡往對岸游去了。

④**飛ぶ**　飛。

○飛行機が空を飛んでいます。

／飛機在天空飛著。

○雁が一列に並んで南の方へ飛んで行きました。

／大雁排成一列往南方飛去。

⑤**滑る**　滑（冰、雪等）。

○スキーで雪の上を滑ります。

／穿上滑雪板滑雪。

○子供たちはスケートリングで滑っています。

／孩子們在溜冰場溜冰。

⑥**散歩する**　散步。

○お爺さんは毎日川の畔を散歩します。

／爺爺每天在河邊散步。

○公園の中を散歩している人は少なくありません。

／在公園裡散步的人不少。

它和前面的歩く、走る等不同，一般只能用～を散歩する，而不能用～で散歩する，原因是：在日本人的想法中，散歩する一般是在較大範圍內進行的，而公園是小的，因此不用で，所以以下句子是不通的。

×お爺さんは毎日町の中で散歩します。

與散歩する相似的彷徨う（徬徨）以及ぶらつく（蹓躂）等也只能用を，而不用で。

○多くの失業者たちが町の中を（×で）ぶらついています。

／許多的失業者在街上徘徊。

○私たちは方角を失って二日間も森の中を（×で）彷徨った。

／我們迷失了方向，在森林裡迷路了兩天。

⑦登る、上る　相當於中文的登（山）、上（坡）、（逆流而）上等。

○兄は毎年あの山を登ります。

／哥哥每年都會去爬那座山。

○この坂を上れば私の家です。

／上了這個坡就是我的家。

○子供たちがよく木に上って遊びます。

／孩子們喜歡爬到樹上玩。

○あの川を船で上って行ったことがあります。

／我曾經搭船在那條河逆流而上。

有時用～に登る，但～に登る與～を登る兩者含義不同：

木に登る

／爬到樹上（現在已在樹上）

木を登る

／爬樹（多表示爬樹這一動作）

富士山に登る

／登富士山（①表示已登上富士山，講話時已在山頂。②表示望著富士山講登富士山。）

富士山を登る

／登富士山（強調登山這一動作或現在在爬山。）

但它一般不用～で登る。

⑧下る　相當於中文的下（山、樓）等、（順流而）下。

○山を下る方がずっと楽です。

／下山要輕鬆得多。

○この坂を下れば学校の前へ出ます。

／下了這個坡，就到我們學校前面了。

○この川を下って行くと、海へ出るところに大きな町があります。

／從這條河順流而下，在它出海的地方有一個大城市。

⑨行く

①相當於中文的去。

○明日大阪へ行きます。

／明天去大阪。

○王さんのところへ行きなさい。

／到王先生那裡去。

②與歩く、通る的意思大致相同，相當於中文的來往、過往、走等。

○町の中を行く人の顔が明るい。

／街上來往行人看起來都很開朗。

○この道をまっすぐ行くと駅の前に出ます。

／這條路一直走下去，會通到火車站前面。

⑩来る　是行く的反義詞，相當於中文的來。

○彼女はゆっくりとこちらへ来ました。

／她慢慢地往這邊走來。

○明日田中さんが来るそうです。

／聽說明天田中先生會來。

它沒有～を来る的用法。

4 表示經過的移動動詞

它是移動動詞的一種，屬於移動階段的動詞。常用的有：

通る／通過　　渡る／渡過

横切る／横穿　　越える／越過

抜ける／穿過　　潜る／鑽進、潛水

① 語法特點：

（1）這類動詞也都是自動詞，但可以用～を動詞，不過這時的を，表示通過、越過、穿過等的場所。例如：

○橋を渡って向こうの町へ行きます。

／過橋到對面的街上去。

○危ないから道を横切らないでください。

／很危險，不要橫越馬路！

(2) 這類動詞也可以在下面接～ている，這時一般表示動作的進行。例如：

○自動車がひっきりなしに大通りを通っています。

／汽車川流不息地在大街上跑著。

○あの水を潜っている女は真珠貝を取る海女です。

／那個正在潛水的女人是採集珍珠貝的海女。

(3) 這類動詞下面也可以用～て行く，表示移動的方向。例如：

○私は学校へ行く時、毎日彼の家の前を通って行きます。

／我上學的時候，每天從他家前面經過。

○雁が一列並んで夕方の空を渡って行きます。

／大雁排成一行從傍晚的天空飛過。

②移動動詞的用法：

①通る　通過、路過、走過、走。

○日本では左側を通ります。

／在日本是靠左邊走。

○トンネルを通ると海が見えました。

／穿過了隧道就看到了海。

○今通っている車をご覧なさい。あれは豊田です。

／看現在跑過的那輛車，那是豐田牌的車。

②渡る　渡、越過、通。

○お爺さんは若い時海を渡ってアメリカへ行きました。

／爺爺年輕的時候，漂洋過海到美國。

○今敵は川を渡っています。

／現在敵人正在過河。

○鑑真和尚は八世紀に日本へ渡って行きました。
／鑒真和尚在八世紀時渡海到日本去了。

③横切る　横越、穿過。

○自動車の前を横切るのは危ない。
／從汽車前面穿越很危險。
○道を横切る時、右と左をよく見てください。
／横越馬路的時候，要好好看一看左右。
○ここを横切って左に曲がると、郵便局があります。
／從這裡穿過去往左轉，有個郵局。

④越える　越過、過。

○この山を越えるところに温泉があります。
／過了這座山有個温泉。
○李さんは勉強する為に一人で海を越えて日本へ行きました。
／李同學為了讀書，一個人跨海到日本去了。

⑤抜ける　穿過。

○私は急いで路地を抜けて大通りに出ました。

／我急急忙忙穿過小巷走上大街。

○電車はトンネルを抜けると、スピードを増しました。

／電車穿過隧道後就開始加速。

⑥潜る　相當於中文的穿過、鑽過。

○長いトンネルを潜ると、広い海の見えるところに出ました。

／穿過隧道，就來到了看得到大海的地方了。

○犬は垣根を潜って外へ走って行きました。

／狗鑽過籬笆跑到外面去了。

○門を潜って入ります。

／從門裡鑽了進來。

○海女たちは水を潜って大きいな貝を取っています。

／海女們潛到水裡，採集大貝殼。

5 表示到達的移動動詞

這類動詞不是很多，常用的有：

着く／到、到着　到着する／到、到達

達する／到、到達

1 語法特點：

(1)它們和前面的幾類移動動詞不同，不能在動詞前面用を，在表示到某一地點、場所時，一般用に，因此下面的句子是不通的。

×代表団はもう東京を着いています。↓○代表団はもう東京に着いています。

／代表團已經到達東京。

(2) 它們也可以在下面接～ている，表示動作結果的持續。例如：

○一行はもう空港に着いています。

／一行人已到達機場。

○登山隊はもう頂上に達しています。

／登山隊已到達山頂。

(3) 它們也不能用～て行く，因此下面的句子是不通的。

×明日目的地に到着して行きます。↓○明日目的地に到着します。

／明天到達目的地。

2 這類動詞的具體用法：

①着く　到、到達。

○父の電話では、父はもう大阪に着いています。

／爸爸在電話中說他已經到大阪了。

○この列車は明日の朝東京に着きます。

／這班車明天早上到東京。

○電車の事故で遅くなって、家に着いたのはもう十時でした。

／因為電車發生事故，所以就晚了，到家時已經十點了。

②**到着する**　與着く意思、用法相同。也表示到、到達。

○中村先生は昨日台北に到着しました。

／中村老師昨天到台北。

○お爺さんはもう大阪に到着しています。

／爺爺已經到大阪了。

③**達する**　與着く、到着する的意思、用法相同，但它是書面語言，較少使用。

○一行はもう目的地に達しています。

／一行人已到達目的地。

○頂上に達したのはもう午後六時でした。

／到達山頂的時候，已是下午六點了。

以上是一些常用的移動動詞的用法，它們語助詞を以及～ている、～て行く的關係歸納起來大致如下：

階段	出發階段	移動階段：①表示轉移	移動階段：②表示經過	到達階段
例詞	出る（でる） 出発する（しゅっぱつする）	歩く（あるく） 登る（のぼる）	通る（とおる） 潜る（くぐる）	着く（つく） 達する（たっする）
與「を」的關係	與を表示離開的場所	用を表示移動、活動的場所	用を表示通過、越過的場所	×
與「〜ている」的關係	表示離開的場所	既表示動作進行，也表示動作結束	表示動作結果的持續	表示動作結果的持續
與「〜て行（い）く」的關係	○	○	○	×

（表題：移動動詞）

第七章 受給動詞

受給動詞日語也被稱為やりもらう動詞，中文一般譯作授受動詞。它是動詞中具有授予和接受這種含義的少部動詞，自成一個體系。它們都是意志動詞中的他動詞，表示接受、給予。在中文裡用一個動詞給字帶過，而在日語裡根據內外關係、親疏關係、長幼尊卑關係的不同，要使用不同的受給動詞。常用的動詞有：

1くれる／給（我、我們）　くださる／給（我、我們）

2やる／（我、我們）給　あげる／（我、我們）給　さしあげる／（我、我們）給

3もらう／（我）要　いただく／（我）要　頂戴（ちょうだい）する／（我）要

它們都是既可以做獨立動詞，也可以做補助動詞。

1 作獨立動詞用的受給動詞

作獨立動詞來用時，表示把東西給予或接受。如前所述，它們的使用①要根據動作主體與接受者的關係；②要根據長幼尊卑的不同，使用不同的動詞。

1 くれる、くださる

用給予者Aが接受者Bに～を くれる／くださる 句型。其中給予者A指的是將東西送給旁人的人；而接受者B指的是接受東西的人。給予者A多是其他人，接受者B則是講話者自己或與自己關係親密的人（如自己的兄弟姊妹、好友等）。表示旁人將東西給我或我們。但由於給予者身份的不同，或由於和自己親疏關係的不同，有時用くれる，有時要用くださる。

（1）くれる——表示其他的人將東西送給我或我們。這時送東西的人多是與自己身份差不多或低於自己的人。相當於中文的給（我、我們）。主語A是第二人稱構成一般的句子或第三人稱時，不應省略，主語是第二人稱的命令句時可省略；補語B是第一人稱時，可以省略，是其他人時不能省略。例如：

○この万年筆は君がくれたものだったね。

／這支鋼筆是你送給我的吧！

○おい、水を一杯くれ。

／喂！給我一杯水！

○田中君は旅行の土産にライターをくれました。

／田中送給我一個打火機作為旅行的禮物。

有時給予者是長輩，在不是直接和這位長輩講話時也可以使用くれる。例如：

○叔父さんは君に小遣いをくれないのですか。

／叔叔不會給你零用錢嗎？

（2）くださる——給予和接受關係與くれる相同，也表示其他的人將東西送

給自己或送給和自己關係親密的人。但給予者與くれる不同，多是上級、長輩或身份高於自己的人，也可以是與自己不是很熟的同級、同輩，為了對這些人表示敬意使用くださる。主語、補語的使用、省略情況與くれる相同。也相當於中文的給（我、我們）。

○これは去年(きょねん)、あなたがくださった万年筆(まんねんひつ)です。お忘(わす)れになったのですか。

／這是您去年送給我的鋼筆，您忘了嗎？

○卒業(そつぎょう)の時(とき)、先生(せんせい)は記念(きねん)としてこの写真(しゃしん)をくださいました。

／我畢業的時候，老師給了我這張照片作為紀念。

○叔父(おじ)さんは兄(あに)に日本製(にほんせい)の時計(とけい)をくださいました。

／叔叔送了哥哥一支日本製的錶。

○早(はや)く返事(へんじ)をください。

／請速（給我）回信！

作為命令句來用時，對方是自己的下級、晚輩或比自己年輕的都可以用ください。例如：

○ちょっとお茶(ちゃ)をください。

／請快倒杯茶！

但使用上述くれる、くださる時不能用下面句型：

×第一人稱Aは第二人稱／第三人稱Bに～をくれる／くださる

也就是說下面的句子是不通的。

×私（わたし）は李（り）さんに記念（きねん）バッジをくれた（くださった）。↓○私（わたし）は李（り）さんに記念（きねん）バッジをあげました。

／我送給李先生一枚紀念章。

②やる、あげる、さしあげる

用給予者Aは接受者Bに～を やる／あげる／さしあげる 句型

給予者A是講話者自己或與自己關係密切的人（如自己的兄弟姊妹、同學好友等），B則是其他的人，表示A將東西送給B。但由於A與B的上下關係、親疏關係的不同，有時用やる、あげる，有時用さしあげる。

（1）やる——表示說話者自己或與自己熟識的人將東西送給其他人B，B多是自己的下級、晚輩，有時也可以是動物。主語是第一、二人稱命令句時，可以省略，是第二人稱敘述句時，不能省略；補語是第二人稱時有時省略，第三人稱時不省略。相當於中文的（我）送給。

○（私(わたし)は）万年筆(まんねんひつ)を弟(おとうと)にやりました。
／我把鋼筆送給了弟弟。

○毎週(まいしゅう)子供(こども)に小遣(こづか)いを四(し)、五千円(ごせんえん)やります。
／每週給孩子四、五千元的零用錢。

○君(きみ)は澄(すみ)ちゃんにクレヨンをやりましたね。
／你把蠟筆給了小澄吧！

○彼(かれ)は読(よ)んでしまった雑誌(ざっし)を皆他(みなほか)の人(ひと)にやりました。
／他把看完的雜誌都送給了別人。

○毎朝(まいあさ)鶏(にわとり)に餌(えさ)をやります。
／每天早上餵雞。

○この小遣いを三郎にやりなさい。

／你把這零用錢交給三郎。

泛指某一活動時，主語、補語可以省略。

○何処へ行っても、チップをやる必要はありません。

／到哪都不需要給小費。

男性在給同級、同輩的人東西時也常用やる。例如：

○日本から買って来た辞書をクラスメートの李君にやった。

／我把從日本買來的字典送給了同班的李同學。

○友達の結婚祝いに何をやろうかな。

／朋友結婚送點什麼東西好呢！

（2）あげる——本來是やる的敬語動詞，是比較謙遜的說法，一般用來講自己或與自己熟識的人將東西送給上級、長輩。但現在已作為普通的受給動詞來用，表示將東西送給同級、同輩、同年齡的人，甚至送給下級、晚輩也適用。主語、補語的使用情況與やる的用法相同。也相當於中文的

（我）送給等。例如：

○私はこれらの記念切符を野村さんにあげるつもりです。

／我打算把這些紀念郵票送給野村先生。

○さようなら、後で手紙をあげます。

／再見！之後我再寫信給你。

○この本をあげますから、読んで見てください。

／這本書送給你，你看一看吧。

○李君、このライターを君にあげます。

／李先生這個打火機送給你。

最後一個句子是上級向下級講的，一般要用やる的，但也有人用あげる。

有時連日本婦女也會盲目地認為使用あげる比較鄭重，尊敬聽話的對方，因而不分場合、對象地亂用。例如：

？澄ちゃん、この小魚を猫にあげて。↓○～この小魚を猫にやって。

／小澄，把這隻小魚給貓吃吧！

？花枝ちゃん、花に水をあげなさい。↓○～花に水をやりなさい。

／花枝，給花澆點水吧！

上述這種說法雖然也有人使用，但身為日語學習者，還是使用正確的日文較好。特別是對動植物更不應該用あげる。

（3）さしあげる——它是敬語動詞，說話者謙遜的態度，即尊敬接受者的程度比あげる更高，因此接受者一般是上級、長輩等人，為了對他們表示尊敬，用さしあげる來代替あげる。這時給予者與やる、あげる相同，也是說話者自己或與自己關係密切的人。主語、補語的使用情況與やる、あげる相同。也相當於中文的（我）給、（我）送給。例如：

○この本(ほん)を（あなたに）さしあげる。

／把這本書送給你。

○先生(せんせい)にアルバムをさしあげました。

／我送給老師一本畫冊。

○皆(みんな)は先生(せんせい)にお見舞(みまい)の品(しな)をさしあげました。

／大家給老師送了些慰問的東西。

○野村さんにもお世話になりましたから、何かさしあげようと思っています。

／野村先生也幫了不少忙，因此我想送他一點東西。

但上述やる、あげる、さしあげる三個動詞不能用下面這一句型。

× 第二人稱／第三人稱 Aは第一人稱Bに～を {やる／あげる／さしあげる}

也就是說下面的句子是不通的。

×彼は私に記念バッジをやり（あげ）ました。↓○彼は私に記念バッジをくれました。

／他送給我一個紀念章。

3 もらう、いただく、頂戴する

用給予者Aは接受者B {に／から} ～を {もらう／いただく／頂戴する}

接受者A多是講自己或與自己關係密切的人（如自己的兄弟姊妹、同學、好友等）；B多是其他的人。表示講話者自己或與自己熟識的人向其他人要、領東西。但根據A與B身份的不同，即長幼尊卑年歲大小的不同，要使用上述不同的動詞。

（1）もらう——表示向自己的同輩、同級或身份低於自己的人要某種東西。

不是和給予者面對面講話時，給予者也可以是上級長輩。在語法關係上，主語是第一或第二人稱在命令句中時，主語可以省略，主語是第三人稱或第二人稱的敘述句時，主語不能省略。補語是第二人稱時，有時可以省略，第三人稱時則不能省略。相當於中文的要、領。例如：

○王さん、この記念バッジをもらいますよ。

／王先生你這個紀念章我拿走了喔！

○昨日、中学校時代の友達から手紙をもらいました。

／我昨天收到了一封國中時期朋友的信。

○君は毎日お母さんから小遣いをもらうでしょう。

／你每天從媽媽那裡拿零用錢吧！

○張さんは田中さんから記念バッジをもらいました。

／張同學從田中先生那裡要了一枚紀念章。

泛指普通狀況時也可以用在句子裡，不出現主語、補語。例如：

○何故もらうのが好きて、やるのが嫌なのだろう。

／為什麼喜歡得到人的東西，卻討厭給別人東西呢？

（2）いただく——兩者意義、用法基本相同，都和もらう一樣，表示向其他人要某種東西，不過這時的給予者多是自己的上級、長輩、或年齡比自己大的人，或者是自己的同級、同輩但不是很熟的人，為了對這些人表示尊敬，用いただく、頂戴する，其中いただく鄭重一些；而頂戴する則更口語化、隨便一些。主語補語的使用情況與前面的もらう相同。也相當於中文的要、領等。例如：

○大変立派な物をいただいて（頂戴して）ありがとうございました。

／送給我這樣好東西，謝謝你了。

○これは田中先生からいただいた（頂戴した）本です。

／這是跟田中老師要來的書。

○ここにあなたのサインを頂戴したい（いただきたい）のですか。

／我想請你在這裡簽個字。

○澄ちゃんは隣の叔父さんからお菓子をいただいた（頂戴した）でしょう。

／小澄要了鄰居叔叔的點心了吧！

○いい玩具ですね。誰にいただいたんですか。（頂戴したんですか）。

／真是個好玩的玩具啊！跟誰拿的？

但上述三個動詞不能構成下面的句子，而我們學習日語往往會這樣弄錯。

×（第二人稱）
　（第三人稱）　Aは（第一人稱）B　から／に　……を　もらう／いただく／頂戴する

也就是說下面的句子是不通的。

×李さんは私から記念バッジをもらい（いただき）（頂戴し）ました。↓○私は李さんに記念バッジをあげました。

／我給李同學一枚紀念章。

④もらう、やる（あげる）、くれる三者的關係

（1）くれる與もらう的關係

首先看一看下面的兩個句型：

①給予者Aは接受者Bに～をくれる。

②接受者Bは給予者Aから／に～をもらう。

像上面這樣將給予者A和接受者B的在句子裡的位置調換一下，即將①句裡的主語作②句裡的補語，也就是將①句裡的接受者作②句裡的主語，這樣兩者表示的意義是相同的。也就是說用②句可以表達①句的內容。例如：

○孫(そん)さんは李(り)さんにバッジをくれました。

／孫先生給李先生一枚紀念章。

○李(り)さんは孫(そん)さんからバッジをもらいました。

／李先生向孫先生要了一枚紀念章。

上述兩個句子內在含義是一樣的。只是第一個句子突出給予者孫（そん）さん，而第二個句子突出接受者李（り）さん。

くださる與いただく也同樣可以表達相同的意思。例如：

○お爺（じい）さんは兄（あに）に小遣（こづか）いをくださいました。

／爺爺給哥哥零用錢。

○兄（あに）はお爺（じい）さんから小遣（こづか）いをいただきました。

／哥哥跟爺爺拿零用錢。

（2）やる（あげる）與もらう的關係

看一看下面兩個句式：

①給予者Aは接受者Bに～をやる（あげる）

②接接受者Bは給予者A から に ～をもらう。

像上面這樣將給予者A與接受者B的在句子裡的位置調換一下，即將①句裡的主語作②句裡的補語；將①句裡的補語作②句的主語，這樣可以表示內在含義相同的意思。例如：也就是說用②句可以表達①句的內容。例如：

○王さんは田中さんにバッジをあげました（やりました）。

／王先生送給田中先生一枚紀念章。

○私は田中さんにバッジをあげました。

／田中先生向王先生要了一枚紀念章。

但給予者是第一人稱私時，①句成立；②句則不能成立。例如：

○私は田中さんにバッジをあげました。

／我送給田中先生一枚紀念章。

×田中さんは私からバッジをもらいました。

因為在日語裡私からもらう、私たちからもらう等是不這麼用的。

さしあげる與いただく也同樣可以表示あげる與もらう的意思。

○野村さんはその絵を佐藤さんにさしあげました。

／野村先生將那幅畫送給佐藤先生。

○佐藤さんは野村さんからその絵をいただきました。

／佐藤先生從野村先生那裡得到了那幅畫。

（3）くれる與やる（あげる）的關係

如前所述，くれる、やる（あげる）兩者雖然都可次譯成中文給，但實際上兩者的含義是不同的。くれる表示其他的人將東西送給說話者自己或與自己熟識的人，即主語是第二、三人稱，而補語是第一人稱自己或與自己關係密切的人。而やる（あげる）與くれる相反，表示說話者自己或與自己熟識的人將東西送給其他人，即主語是自己或與自己關係密切的人，而補語則是其他人。例如：

○孫（そん）さんは私（わたし）にバッジをくれました。

／孫先生給我一枚紀念章。

○私（わたし）は孫（そん）さんにバッジをあげました。

／我送給了孫先生一枚紀念章。

上述兩個句子的意思完全不同。

但有時同一個第三人稱作主語，同一個第三人稱作補語，而述語用くれる還是用やる（あげる），可以表示大致相同的意思。例如：

○孫（そん）さんは李（り）さんにバッジをくれました。

／孫先生給李先生一枚紀念章。

○孫さんは李さんにバッジをやり（あげ）ました。

／孫先生給李先生一枚紀念章。

這兩個句子之所以都可以用，並且表示大致相同的意思，是由於說話者所站的立場不同，前一個句子用くれる是說話者偏於站在接受者李さん的立場，即李さん和自己的關係要近於自己和孫さん的關係，比如李さん是自己親近的同學；而後一個句子用やる（あげる）則是說話者偏於站在給予者的立場，即孫さん和自己的關係要近於自己和李さん的關係，如孫さん是自己好朋友。因此，兩個句子都通。

但同樣是同一個第三人稱的人作主語，而補語是說話者的弟弟，這時可以用くれる作述語，而不能用やる（あげる）。例如：

○孫さんは私の弟にバッジをくれました。

／孫先生給我弟弟一枚紀念章。

×孫さんは私の弟にバッジをやり（あげ）ました。

後一個句子之所以不用，是因為自己的弟弟和自己的關係要比自己和孫さん的關係更近一

些，因此可以用くれる，而不能用やる或あげる，因此第二個句子是錯誤的。

相反地如果以自己的親朋好友，如哥哥作主語，補語是其他的外人，則只能用やる（あげる），而不能用くれる。例如：

×兄（あに）はバッジを張（ちょう）さんにくれました。

○兄（あに）はバッジを張（ちょう）さんにあげました。

／哥哥送給張先生一枚紀念章。

前一個句子所以是錯誤的，是由於自己的哥哥和說話者的關係無論如何是比自己和張（ちょう）さん的關係要近，因此不能用くれる。

總之使用くれる與やる（あげる）時，要考慮主語、補語、即給予者、接受者與說話者關係的親疏遠近。

くださる與さしあげる的關係，跟くれる與やる（あげる）的關係相同的。在此就不再一一舉例說明。

2 作補助動詞用的受給動詞

くれる、くださる、やる、あげる、さしあげる、もらう、いただく、頂戴（ちょうだい）する都可以做補助動詞用，即接在接續助詞て下面，分別構成：

①～てくれる、～てくださる

②～てやる、～てあげる、～てさしあげる

③～てもらう、～ていただく、～て頂戴（ちょうだい）

然後接在意志動詞連用形下面使用。

くれる、やる、もらう等作獨立動詞來用時，表示事物的受給（即接受與給予），也可以說是事物的接受（即授與與接受），而作補助動詞用時，構成～てくれる、～てやる、～てもらう等則表示對某種活動、動作所產生的利益、好處的受給（即接受與給予），換句話說，也

就是表示誰為誰、或誰幫誰作了某種事情，進行了某種活動。

①~てくれる、~てくださる

②~てやる、~てあげる、~てさしあげる

③~てもらう、~ていただく、~て頂戴（ちょうだい）三者含義不同。

而①中的~てくれる與~てくださる，②中的~てやる、~てあげる與~てさしあげる；③中的~てもらう、~ていただく與~て頂戴（ちょうだい）意義基本相同，只是要根據長幼尊卑、上下關係的不同，使用不同的補助動詞。

1 ~てくれる、~てくださる

看一看下面的句型：

授予者Aは受益者Bに~を ┌ ~てくれる
　　　　　　　　　　　 └ ~てくださる

授予者指為他人作事的人；受益者指接受其他人為自己作事的人。這時授予者（即作事的人）A可能第二、三人稱的人；而受益者（接受別人為自己做事的人）B多是說話者自己或與自己關係密切的人（如自己的兄弟姊妹、同學好友等）。整個句型表示授予者A為說話者或與說話者關係密切的人作某種事情。也就是表示其他人為我（或我們）做某種事情，因此它表示的是他行自利行為。但由於授予者與受益者之間的長幼、上下關係不同，有時用～てくれる，有時用～てくださる。

(1)～てくれる——這時授予者A多是受益者的同級、同輩或下級、晚輩，表示A為我或我們作某種事情。它的主語、補語的使用情況是：主語是第二人稱在敘述句中，或主語是第三人稱時，不能省略，主語是第二人稱在命令句裡一般要省略。補語是第一人稱時，往往省略，是第二、三人稱時要明確提出。相當於中文的「給我（我們）…作…」。例如：

○ちょっと机（つくえ）を拭（ふ）いてくれ。

／把桌子給我擦一擦！

○いい物（もの）を買（か）って来（き）てくれたね。

／你幫我買了好東西回來啊！

○李さんがそこを教えてくれました。

／李先生教了我那個。

○お医者さんが丁寧に体を検査してくれました。

／醫生仔仔細細地為我檢查身體。

○これは姉が弟に編んでくれたセーターです。

／這是我姐姐幫弟弟織的毛衣。

～てくれる若用在本可不用～てくれる的句子裡，使用～てくれる來諷刺對方。例如：

○（君は）偉いことをしてくれたね。

／你給我做了一件「好事」！

(2)～てくださる——這時的授予者多是受益者的上級、長輩或不太熟的人，為了尊敬這些人不用～てくれる而用～てくださる，表示為我或為我們做某種事情。主語、補語的使用情況，與前面的～てくれる相同。相當於中文的給我（我們）做……。例如：

○田中先生が作文を直してくださいました。

／田中老師幫我改了作文。

○李先生がわざわざ紹介の手紙を書いてくださいました。

／李老師特地幫我寫了介紹信。

○伯父さんが博物館へ連れて行ってくださいました。

／伯父帶我去博物館了。

○ご丁寧に本を送ってくださって厚くお礼を申しあげます。

／承蒙您送給我書，深表感謝。

○ちょっとここを教えてください。

／這部分請教教我。

現在用～てください時，已失去原來的請給我（或我們）做…的意思，廣泛地用來表示一般的請求命令，即不一定講為我（我們）…如何。例如：

○どうぞかけてください。

／請坐。

○ちょっと待って下さい。

／請稍候。

上述兩個句子則沒有為我做……的意思。

～てください雖是尊敬的說法，但它所表示的尊敬程度不是非常的高，用於尊長、上級時會顯得尊敬度不夠，因此則多用お～くださる來代替～てくださる；用お（或ご）～ください來代替～てください作為更尊敬的說法。例如：

○校長先生(こうちょうせんせい)はわざわざ紹介(しょうかい)の手紙(てがみ)をお書(か)きくださいました。

／校長特地為我寫了一封介紹書。

○内山先生(うちやませんせい)は難(むずか)しいところを繰(く)り返(かえ)してご説明(せつめい)くださいました。

／內山先生將難懂的地方反覆地為我們作了說明。

○お入(はい)りください。

／請進。

○今社長(いましゃちょう)が参(まい)りますから、少々(しょうしょう)お待(ま)ちください。

／經理很快就來，請稍候。

2 ～てやる、～てあげる、～てさしあげる

看一看下面的句型：

授予者Aは受益者Bに～を
- ～てやる
- ～てあげる
- ～てさしあげる

這時授予者A是說話者或與自己關係密切的人（如自己的兄弟姊妹、同學好友等）；而受益者B則多是其他的人。整個句子表示我或我們為其他的人做某種事情，因此它表示的是自行他利行為。但由於授予者與受益者之間的長幼關係、上下關係的不同，有時用～てやる，有時用～てあげる、～てさしあげる。

（1）～てやる——這時的受益者多是自己的晚輩、下級；有時男性也用來講自己幫同級、同輩的人做某種事情。有時也講幫動物做什麼事。主語、補語的使用情況是：主語是第一、二人稱命令句時多不出現主語。主語是第二人稱的敘述句、或第三人稱時，不能省略。補語一般出現在句子裡，只有在前後關係明確的時候，可以省略。相當於中文的（我）給…做…。例如：

○うちの子供(こども)にもこんな服(ふく)を買(か)ってやりました。
／我也幫我家的孩子買了這樣的衣服。

○（私は）毎日弟に英語を教えてやります。

／我每天教弟弟英文。

○（君も）これから他の人の手助けをしてやりなさい。

／今後你也要幫別人的忙！

○澄ちゃんが欲しがるから買ってやる。

／小阿澄很想要，你就買給她吧！

○父はお金を出して花子にピアノを買ってやりました。

／父親拿錢給花子買了鋼琴。

○弟はもう小犬の体を洗ってやりました。

／弟弟已經幫小狗洗了澡。

泛指主語為其他人做事情時，主語不出現在句子裡，補語也可以省略。例如：

○困っている人を助けてやるのは当たり前だ。

／幫助困難的人，那是理所當然的。

～てやる有時也用來表示有意地進行加害於其他人的動作；或用來講故意做某種事情、誇大地做出某種動作。例如：

○生意気な奴だ。一つ殴ってやろうか。

／真是狂妄的傢伙。揍他一頓！

○明日は休みだから、ゆっくり寝てやろう。

／明天是假日，好好地睡它一覺。

○今度は必ず百点をとってやる。

／這次考試，一定考個一百分。

（2）～てあげる——～てあげる本來是敬語的說法，但已逐漸失去了敬語的含義，基本上與～てやる意思、用法相同，只是比～てやる稍為鄭重一些。因此多表示自己為同級同輩的人，甚至為下級、晚輩做某種事情，在一般的敘述句裡也可以用來講為上級長輩做出某種事情。主語、補語的使用情況，與～てやる相同。也相當於中文的（我）給…做…。例如：

○分からなければ説明してあげます。

／你如果不懂，我來為你說明一下！

○王さんが分からないから、教えてあげなさい。

／王先生不懂，你教教他。

○妹はお祖母さんに新聞を読んであげました。

／妹妹為奶奶讀報紙。

○母が新聞を机の上に置いてあげました。

／媽媽（幫爸爸）把報紙放在桌子上了。

(3) ～てさしあげる——與～てやる、～てあげる含義用法相同，只是さしあげる是敬語動詞，因此～てさしあげる也是敬語表現，表示下級、晚輩或年齡小的人、身份低的人為上級、長輩或給年齡的人、身份高的人做某種事情。主語、補語的使用情況與～てやる、～てあげる相同。也相當於中文的（我）為…做…。例如：

○薬は（私が）病院からもらって来てさしあげます。

／我從醫院幫您拿藥來。

○先生に記念の品を送ってさしあげましょう。

／給老師送點紀念品吧！

○妹は毎日お祖母さんに新聞を読んでさしあげます。

／妹妹每天為奶奶讀報。

○お爺さんに薬を買って来てさしあげましたか。

／你幫爺爺買藥來了嗎？

○澄ちゃんはお父さんにセーターを編んでさしあげました。

／小澄幫父親織了件毛衣。

雖然理論上，對上級、尊長可以用～てあげる、～てさしあげる，但面對面地與上級、長輩或年長的人講話時，一般不用這兩種表現形式。因為這兩種說法，強調了我自己為你作事情，讓人聽起來似乎有要求對方領自己情的感覺，因此往往不用。例如：

？大きなカバンを持ってあげましょう。↓○大きなカバンをお持ちいたしましょう。

／我拿大提包吧！

？御希望でしたら、何でも説明してあげます（さしあげます）。↓○御希望でしたら、何でもご説明いたします。

／如果您希望的話，我可以做些說明。

③～てもらう、～ていただく、～て頂戴（ちょうだい）

看一看下面的句型：

受益者Bは授予者A～に／から～を
- ～てもらう
- ～ていただく
- ～て頂戴（ちょうだい）

整個句子表示主語受益者請求補語授予者為自己或與自己關係密切的人作某種事情。因此它表示的是自行自利行為。同樣也由於受益者與授予者之間身份、年齡的不同，有時用～てもらう，有時用～ていただく、～て頂戴（ちょうだい）。

（1）～てもらう——這時的授予者（即補語）多是受益者（主語）自己的下級、晚輩或比自己年齡小的人，也可以是自己的同級、同輩或與自己同年齡的人，在敘述句裡也可以用自己的上級、長輩，表示請求這些人為自己做某種事情或接受這些人所做的事情。主語、補語的使用情況是：主語是第一人稱、或在命令句中主語是第二人稱時，主語可以省略，一般敘述句中主語是第二、三人稱時，主語一般不能省略；補語是第二人稱時可以省略，是第三人稱時，則要明確提出。相當於中文的請…（幫我）做…。例如：

○友達(ともだち)に雑誌(ざっし)を送(おく)ってもらいました。
／請朋友為我寄來了雜誌。

○この手紙(てがみ)をポストに入(い)れてもらいます。
／請把這封信投到郵筒裡！

○王(おう)さんに説明(せつめい)してもらいなさい。
／請讓王先生為你說明一下！

○君(きみ)はこの作文(さくぶん)を兄(にい)さんに直(なお)してもらったんですね。
／這篇作文你讓哥哥做過修改了吧。

○君(きみ)はやはりお医者(いしゃ)さんに見(み)てもらった方(ほう)がいいですね。
／你還是去看個醫生比較好吧。

○芳子(よしこ)は兄(あに)にテープレコーダーを買(か)ってもらいました。
／芳子叫哥哥為她買了一台收錄音機。

（2）～ていただく——這時授予者（即補語）多是受益者（即主語）的上級、長輩或身份高的人、年紀大於自己的人，表示請求這些人或接收這些人為自己做某種事情。相當於中文的請…幫（我、我們）做…。例如：

○いろいろ教（おし）えていただいてありがとうございました。

／承蒙你多方指教，謝謝你了。

○田中（たなか）さんに車（くるま）で送（おく）っていただきました。

／讓田中先生開車送了一程。

○君（きみ）は野村先生（のむらせんせい）に教（おし）えていただいたでしょう。

／你是請野村老師教你的吧！

○李（り）さんが校長先生（こうちょうせんせい）に許可（きょか）していただいたそうです。

／據說李同學得到了校長的許可。

用～ていただきます、～ていただけませんか表示向對方的請求。相當於中文的請你…，或根據前後關係適當地譯成中文。例如：

○もう少（すこ）し待（ま）っていただきます。

／請你稍等一會兒！

○駅へ行く道を教えていただけませんか。

／能告訴我一下往車站的路嗎？

也可以用お（或ご）～いただく，它尊敬對方的程度比～ていただく更高一些。相當於中文的請（您）…做…。例如：

○いいことをお教えていただきました。

／你教了一件好事。

○もう少しご説明いただきます。

／請您再說明一下！

（3）～て頂戴——雖然它和～ていただく的意思相同，是～てもらう的敬語，但使用的時候較少，多為婦女或兒童使用，男性成年人很少使用。一般用～て頂戴與～てください、～ていただく的意思相同，表示請求對方作某種事情，但沒有多大的敬意。相當於中文的請…。例如：

○早(はや)くして頂戴(ちょうだい)。

／請快點做！

○それを貸(か)して頂戴(ちょうだい)。

／請把那個借給我。

○魚屋(さかなや)さん、明日(あした)も来(き)て頂戴(ちょうだい)。

／賣魚的！明天也請你來一趟！

但上述三個動詞不能構成下面的句子，這是值得注意的。

× Aは（第二人稱／第三人稱）第一人稱B（に／から）～を～（てもらう／ていただく／て頂戴(ちょうだい)）

也就是說下面這樣用私(わたし)に～てもらう的句子是不通的。

×李(り)さんは私(わたし)に説明(せつめい)してもらいました。

×孫(そん)さんは（私(わたし)の）父(ちち)に紹介(しょうかい)の手紙(てがみ)を書(か)いてもらいました。

這時一般用下面的表達方式來表達相同的意思。

○私は李さんに説明してあげました。

／我為李先生作了說明。

○父は孫さんに紹介の手紙を書いてあげました。

／我父親幫孫先生寫了介紹信。

4 ～てもらう、～てやる（～てあげる）、～てくれる三者的關係——

(1) ～てくれる與～てもらう的關係

請看下面的句型：

①授予者Aは受益者Bに～を～てくれる

②受益者Bは授予者A に／から ～を～てもらう

像上面這樣將授予者A和受益者B在句子裡的位置調換一下，即將①句裡的主語作②句裡的補語；將①句的補語作②句裡的主語，這樣這兩個句子的內在含義基本上是相同的，也就是說用②句也可以表達與①句大致相同的意思。例如：

○野村さんは（私に）写真を撮ってくれました。

／野村先生幫我拍了照。

○私は野村さんに写真を撮ってもらいました。

／我請野村先生幫我照了相。

上述兩個句子表示大致相同的意思。

○黄さんは（私に）そこを教えてくれた。

／黄先生把那部分教了我。

○私は黄さんにそこを教えてもらった。

／我請黄先生教我那部分。

上述兩個句子表達了大致相同的意思。

～てくださる與～ていただく也同樣可以表達相同的意思。例如：

○于先生は（私に）そこを説明してくださいました。

／于先生把那部分為我作了說明。

○（私は）于先生にそこを説明していただきました。

／我請于先生為我說明了那部分。

上述兩個句子意思也是相同的。

(2)～てあげる（～てやる）與～てもらう的關係

看一看下面的句型：

①授予者Aは受益者Bに～を～てあげる（てやる）

②受益者Bは授予者A に／から ～を～てもらう

像上面這樣將授予者A和受益者B的句子裡的位置調換一下，即將①句的主語A作②句的補語來用，將①句的補語B作②句的主語，這樣①句與②句可以表示大致相同的意思。只是講話的人站的立場稍有不同。例如：

○李(り)さんは王(おう)さんにそこを説明(せつめい)してあげました。

／李先生為王先生說明了那部分。

○王(おう)さんは李(り)さんにそこを説明(せつめい)してもらいました。

／王先生從李先生的說明瞭解了那部分。

上面兩個句子表達了大致相同的意思。但受益者是第一人稱私時①句可以成立，而②句則不能成立。

○私は王さんにそこを教えてあげました。

／那部分我教了王先生。

×王さんは私にそこを教えてもらいました。

在日語裡私に～てもらう這種說法是不用的。

～てさしあげる與～ていただく也同樣可以表示相同的意思。

○田中先生は野村先生にそのことを話してさしあげました。

／田中老師把那件事情告訴了野村老師。

○野村先生は田中先生にそのことを話してもらいました。

／野村老師請田中老師告訴他那件事。

(3) ～てくれる與～てあげる（～てやる）的關係

如前所述～てくれる、～てあげる（～てやる）都可以譯成中文為：做事情，但實際含義兩者是不同的。

～てくれる多表示其他人為說話者或與說話者熟識的人（如兄弟姊妹、同學、好友等）做某種事情，即主語多是第二、三人稱的人；補語多是第一人稱或與第一人稱關係密切的人，也就是表示旁人為我（或我們）做某種事情。

而～てあげる（～てやる）則表示說話者或與說話者熟識的人（如兄弟姊妹、同學、好友等）為其他人做某事，即主語是說話者或者是說話者的親朋好友，而補語則是其他人。例如：

○黄さんは私に説明してくれました。

／黃先生為我作了說明。

○私は黄さんに説明してあげました（～てやりました）。

／我為黃先生作了說明。

上述兩個句子意思完全不同。

但有時第三人稱作主語，而另外的第三人稱作補語時，兩個句子用同一個主語、同一個補語，而述語既可以用～てくれる，也可以用～てあげる，表示大致相同的意思。例如：

○黄さんは金さんに詳しく説明してくれました。

／黃先生為金先生做了詳細的說明。

○黄(こう)さんは金(きん)さんに詳(くわ)しく説明(せつめい)してあげました。

／黄先生為金先生做了詳細的説明。

這兩個句子之所以都可以成立，並且表示大致相同的意思，是由於説話者所站的立場不同，前一句用～てくれる是説話者站在偏於受益者金(きん)さん的立場，與金(きん)さん較熟識，如金(きん)さん是自己的同學好友；而第二個句子用～てあげる則是説話者站在偏於授予者黄(こう)さん的立場，即和黄(こう)さん關係較親近，如黄(こう)さん是自己的同學好友。因為説話者立場不同，因此兩個句子才都可以成立。

但同樣是第三人稱作主語，而補語是自己的弟弟時，這時則只能用～てくれる，而不能用～てあげる。

○黄(こう)さんは私(わたし)の弟(おとうと)に教(おし)えてくれました。

／黄先生教了我的弟弟。

×黄(こう)さんは私(わたし)の弟(おとうと)に教(おし)えてあげました。

後一個句子之所以是錯誤的，是因為私(わたし)の弟(おとうと)，他和自己的關係肯定是要比自己和黄(こう)さん的關係要近，因此不能用～てあげる。相反的如果以弟(おとうと)作主語，受益者是第三人稱的其他人時，則只能用～てあげる，而不能用～てくれる。

×弟(おとうと)は邱(きゅう)さんに解釈(かいしゃく)してくれました。

○弟(おとうと)は邱(きゅう)さんに解釈(かいしゃく)してあげました。

／弟弟為邱先生解釋了。

前一個句子之所以是錯誤的，是由於弟弟和自己的關係要近於邱(きゅう)さん和自己的關係，因此不能用～てくれる。

總之，第三人稱作句子的主語，而述語用～てくれる還是用～てあげる，是要由主語、補語與說話者的關係遠近來決定的。～てくださる與～てさしあげる的關係也是和～てくれる與～てあげる的關係一樣，就不再舉例說明。

第八章 敬語動詞

敬語動詞是動詞中具有尊敬含義的部分動詞。為了對別人表示尊敬或表示自己的謙遜而使用敬語。日語的敬語大體上可分為三種類型，它是尊敬語、謙讓語、丁寧語。敬語中的這三種類型都可以用特定的名詞、動詞以及一些特定的慣用型來表達。在這裡主要就在敬語中使用的動詞，即敬語動詞作些說明。

敬語動詞也同樣分為尊敬語動詞、謙讓語動詞與丁寧語動詞。

1 尊敬語動詞

在講話時講到對方或講到話題中出現的人物，對他們的動作、活動，一般用尊敬語動詞來表達。例如：

○内山先生（うちやませんせい）が度々（たびたび）そうおっしゃいました。

／内山老師那様說了很多次。

○校長先生（こうちょうせんせい）がいらっしゃいました。

／校長來了。

上述句子裡的おっしゃる、いらっしゃる是尊敬語動詞。

尊敬語動詞主要有下面一些：

主要敬語動詞表

尊敬語動詞	一般動詞	中文譯句
いらっしゃる	いる、行く、来る	在、去、來
見える	来る	來
なさる	する	做
おっしゃる	言う、話す	叫、說、講
あがる	食べる、飲む	吃、喝
召しあがる	食べる、飲む	吃、喝
くださる	くれる	給（我）

下面分別看一看它們的用法：

(1) いらっしゃる　是いる、行く、来る的尊敬語動詞。

①作いる的尊敬語。相當於中文的在。

○御両親は今も故郷にいらっしゃいますか。

／你的父母還在老家那邊嗎？

用～ていらっしゃる作～ている的尊敬語用。相當於中文的正在…。例如：

○何を探していらっしゃるのですか。

／您在找什麼呢？

用～でいらっしゃる接在名詞或形容動詞語幹下面作です、である的尊敬語來用。接在名詞下面時，相當於中文的是，接在形容動詞下面時譯不出來。

○内山教授でいらっしゃいますか。台湾大学の王です。

／您是內山教授嗎？我是台灣大學的王同學。

○食べ物は何がお好きでいらっしゃいますか。

／您喜歡什麼樣的食物呢？

②作来る、行く的尊敬語來用。相當於中文的來、去。例如：

○校長先生は昨日東京へいらっしゃいました。

／校長昨天到東京去了。

○台北にいらっしゃったら御案内いたします。

／您來台北的時候，我來做導遊。

来る、行く都可以接在て下面，構成～て来る、～て行く來用，但いらっしゃる很少接在～て下面來用。

(2) 見える

作為一般動詞來用時，表示看見、看得見，但作為尊敬語動詞來用時，則表示来る。相當於中文的來。

○お医者さんが見えたら、こちらへ案内してください。

／醫生來了的話，請帶領到這兒來！

但它不能接在て下面作補助動詞用。

(3) なさる

是する的尊敬語，相當於中文的作。

○今度の日曜日に何をなさるおつもりですか。

／下週日您打算做什麼呢？

還可用お（或ご）動詞連用形なさる，作為所接動詞的尊敬語用。在中文裡多譯不出。

○そんなにご心配なさらないでください。

／請不要那麼擔心！

(4) おっしゃる

是言う、話す等的尊敬語。相當於中文的說、叫等。

○先生はそうおっしゃいました。

／老師這麼說了。

○失礼ですが、お名前はなんとおっしゃいますか。

／對不起，請問您叫什麼名字？

(5) 上がる、召しあがる

都作為食べる、飲む的尊敬語來用，兩者的意思、用法相同，只是召しあがる尊敬的程度更高一些。相當於中文的吃、喝。

○これは京都の名産です。どうぞ少しお上がりください。

／這是京都的名產，請嚐嚐。

○何を召し上がりますか。

／您吃什麼？

（6）くださる　**是くれる的尊敬語，表示上級、長輩為說話者和與說話者熟識的人（如自己的兄弟姊妹、同學、好友等）送某東西。相當於中文的給（我、我們）。例如：**

○伯父(おじ)さんは私(わたし)の入学祝(にゅうがくいわ)いに時計(とけい)をくださいました。

／伯父為了慶祝我升學送給我一支手錶。

用～てくださる作～てくれる的尊敬語來用。

○伯母(おば)さんはセーターを買(か)ってくださいました

／伯母買了一件毛衣給我。

○ここのところが分(わ)かりません。もう一度(いちど)ご説明(せつめい)してください。

／這地方不懂，請再講一遍！

也可以用お（或ご）動詞連用形くださる表示～てくださる的意思。但尊敬的程度更高。

○ちょっとお待(ま)ちくださいませんか。

／能再稍等一會嗎？

○おついでの時(とき)に、どうぞお出(い)でください。

／如果有路過歡迎順便來玩。

2 謙讓語動詞

為了對對方或話題中出現的長輩、上級表示尊敬，在講自己或講與自己關係親密的人的動作、行為時，使用謙讓語動詞。例如：

○明日(あした)また参(まい)ります。
／明天我再來。

○喜(よろこ)んでいたします。
／我很樂意去做。

上述句子裡的参(まい)る、いたす都是謙讓語動詞，這類動詞主要有下面一些：

主要的謙讓語動詞表

謙讓語動詞	一般動詞	中文譯句
おる	いる	在、有
参る	行く、来る	去、來
あがる	行く、来る	去、來
いたす	する	做
申す	言う、話す	說、叫
存じる	知る、思う	知道、想
伺う	聞く、訪ねる	聽、問、拜訪
承知する	分かる	懂
かしこまる	分かる	懂
さしあげる	やる、あげる	給、送給
いただく	食べる、飲む	吃、喝
頂戴する	食べる、飲む	吃、喝

下面看一看它們的用法：

（1）おる　是いる的謙讓語動詞，表示自己或與自己關係密切的人在。相當於中文的在。例如：

○小学校に入る前、私は故郷の田舎におりました。

／在進小學以前，我一直在偏僻的家鄉生活。

下面看一看它們的用法：

○弟は中学校に通っております。

／弟弟在上國中。

（2）参る　是行く、来る的謙讓語，表示自己或與自己關係密切的人的去、來。相當於中文的去、來。例如：

○弟は先生の家参りました。

／我弟弟到老師家去了。

○すぐ参りますから、ちょっとお待ちください。

／立刻就來，請稍候！

用～て参る作～て行く、～て来る的謙讓語來用，表示自己或與自己關係密切的人的…去、…來。相當於中文的…去、…來。例如：

○後でお宅まで届けて参ります。

／隨後送到您府上去。

○今取って参りますから、ちょっとお待ちください。

／我現在就去拿，請稍候！

（3）上がる　**作為行く、来る、訪ねる的謙讓語來用，也相當於中文的去、來、拜訪等。例如：**

○今日はお詫びに上がりました。

／我今天專程來道歉的。

行く、来る可以用～て行く、～て来る，但上がる不能用～て上がる。

（4）いたす　**作為する的謙讓語來用，既可以獨立使用，也可以接在サ變動詞語幹下面來代替する。相當於中文的做，或不譯出。例如：**

○喜んでいたします。
／很樂意去做。
○遠慮いたします。
／我就不用了。
用お（或ご）動詞連用形いたす作為所接動詞的謙讓語來用。這時譯不出。
○お手伝いいたしましょう。
／讓我來幫忙吧！
○カバンをお持ちいたしましょう。
／我拿包包吧！
（5）申す　是言う、話す的謙讓語動詞。相當於中文的說、講、叫。

○私は決して嘘を申しません。
／我決不說謊。
○（私は）李と申します。
／我姓李。

（6）存じる

①是知る的謙讓語動詞。相當於中文的知道。

○それはちっとも存じませんでした。

／那件事我一點也不清楚。

值得注意的是ご存じ雖然也寫作存，但它是尊敬語名詞，用ご存じです作為知る的尊敬語來用，表示對方或上級長輩等人的知道。相當於中文的（您）知道。例如：

○田中先生は、あのことをご存じでしょうか。

／田中老師您知道那件事情嗎？

②是思う的謙讓語。相當於中文的想、認為。

○それは誠に結構なことだと存じます。

／我認為那是一件好事。

（7）伺う

①是聞く、訪ねる的謙讓語動詞。相當於中文的聽、問等。

○その話はもう伺っております。

／那件事情我已經聽說。

○ちょっと伺いますが、この付近には郵便局がございませんか。

／請問一下，這附近有沒有郵局？

②是訪ねる、訪問する的謙讓語動詞。相當於中文的拜訪。

○何時ごろ伺ったらよろしゅうございますか。

／幾點方便去拜訪你好啊？

（8）承知する

①是分かる的謙讓語動詞，多用在答應尊長、上級對自己的吩咐時使用，這時可換用かしこまる。相當於中文的曉得、知道、懂。

○「この手紙を出して来てください。」「はい、承知しました（○かしこまりました）。」

／「請把這封信寄出去！」「是，知道了」。

②是知る的謙讓語動詞。一般用來表示由於聽到、看到而知道了某種事情、情況。相當於中文的知道，這時不能換用かしこまる。

○あなたもいらっしゃることは田中さんから聞いて承知しておりました。

／從田中先生那裡聽到你也來了，我才知道。

（9）畏まる　是分かる的謙讓語動詞，一般用かしこまりました在回答上級、長輩的吩咐時使用。相當於中文的知道了、曉得了。

○「野村先生によろしく。」「はい、かしこまりました」。

／「請代我向野村老師問好！」「是，知道了。」

（10）差し上げる　是やる、あげる的謙讓語動詞。相當於中文的給、送給。

○この本を差し上げます。

／這本書送給你。

○お茶でも差し上げましょう。

／請喝杯茶吧！

用～て差し上げる作為～てやる、～てあげる的謙讓語來用，表示自己或與自己關係密切的人，為長輩、上級作某種事情。相當於中文的：幫、為、給。

○田中先生や内山先生に何かを送って差し上げましょう。
／給田中老師、內山老師送點什麼禮品吧！

(11) いただく

①是食べる、飲む等的謙讓語動詞。相當於中文的吃、喝。
○「お上がりください。」「はい、いただきます。」
／「請吃！」「好，我不客氣了。」
○では、遠慮なくお先にいただきます。
／那麼我就不客氣先開動了。
②作為もらう的謙讓語動詞來用。相當於中文的要、收到、接受等。
○これは先生からいただいた本です。
／這是從老師那裡要來的書。
○結構なものをいただいてありがとうございました。
／讓你送給我這麼貴重的東西，太謝謝你了。
用～ていただく作為～てもらう的謙讓語來用，表示請長輩、上級為自己做什麼事情。相當於中文的請…、讓…等。

○詳(くわ)しく説明(せつめい)していただいてありがとうございました。

／讓你詳細地為我說明，謝謝你。

○これは昨日(きのう)書(か)いた作文(さくぶん)ですが、直(なお)していただけませんか。

／這是我昨天寫的作文，能幫我改一下嗎？

也可以用お（或ご）動詞連用形いただく，表示與～ていただく相同的意思。

○日本(にほん)の部落民(ぶらくみん)のことについてお話(はな)しいただけませんか。

／能談一下有關日本部落民族的情況嗎？

（12）頂戴(ちょうだい)する

①與頂(いただ)く①的意思、用法相同，也是食べる、飲む等的謙讓語動詞。相當於中文的吃、喝。

○では、頂戴(ちょうだい)します。

／那麼我就開動了。

○お料理(りょうり)は十分(じゅうぶん)頂戴(ちょうだい)しました。

／已經吃得很飽了。

②與頂く(いただ)②的意思、用法相同，也作為もらう的謙讓語動詞來用。但沒有用いただく的時候多。相當於中文的要、收到、接受等。

○お勘定(かんじょう)はまだ頂戴(ちょうだい)していません。

／你的帳款沒有收到。

在表示請求命令時，一般用頂戴(ちょうだい)，但這麼用時，已不再是敬語動詞，只是婦女、兒童用語，成年男性很少使用。例如：

○その大(おお)きな魚(さかな)を頂戴(ちょうだい)。

／我要那條大魚！

○玉子(たまご)を一(いち)キロ頂戴(ちょうだい)。

／給我一公斤的雞蛋！

用～頂戴(ちょうだい)作～てもらう的謙讓語來用，也是婦女兒童用語，一般用來表示請求、命令。請求旁人為自己做某種事情。相當於中文的請…給我等。

○ちょっと万年筆(まんねんひつ)を貸(か)して頂戴(ちょうだい)。

／請把鋼筆借給我用一下。

○芳子(よしこ)ちゃん、お客(きゃく)さんにお菓子(かし)とコーヒーを用意(ようい)して頂戴(ちょうだい)。

／芳子！給客人準備點心和咖啡。

3 丁寧語動詞

丁寧語是日語的稱呼，有人譯作鄭重語，有人譯作恭敬語，都不夠貼切，本書仍用丁寧語這一稱呼。為了對聽話的對方表示恭敬，把話講得規矩、鄭重一些而使用丁寧語，其它使用的動詞則是丁寧語動詞。在講和對方、和自己都沒有任何關係的事物、動作，也就是在講客觀事物的活動、自然界的現象等時，使用丁寧語動詞。例如：

○宿舎には誰もおりません。
／宿舍裡沒有半個人在。

○右側に見えるのは東京大学の赤門でございます。
／在右邊看到的是東京大學的「赤門」。

○段々寒くなって参りました。
／天氣漸漸冷了起來。

上述句子裡的おる、ござる、参る都是丁寧語動詞。

丁寧語動詞主要的有下面一些：

丁寧語動詞表

丁寧語動詞	一般動詞	**中文譯句**
ござる	ある	有
おる	いる	有
いたす	する	做
参る	行く、来る	去、來
申す	言う	說、叫

看一看它們的用法：

(1) ござる

①是ある的謙讓語動詞。相當於中文的有、在。

○お怪我はございませんでしたか。

／沒有受傷吧！

○万年筆ですか。万年筆はこちらにございます。

／鋼筆嗎？這裡有。

②用～てござる作～である、～です的丁寧語來用。相當於中文的是。

○それは東京で一番高い建物でございます。

／那是東京最高的建築物。

○次は日本橋でございます。

／下一站是日本橋車站。

接在形容詞連用形く下面，約音為形容詞語幹うございます，作形容詞的丁寧語來用。

○お寒うございますね。

／真冷啊！

○いつまでもよろしゅうございます。

／什麼時候都可以。

(2) おる　是いる的丁寧語動詞。相當於中文的有、在。

○動物園には色々な動物がおります。

／動物園裡有各種動物。

用~ておる作~ている的丁寧語來用。相當於中文的正在…、在…。

○色々な金魚が泳いでおりますか。

／有各種金魚在游嗎？

おる既可以作謙讓語動詞來用，也可以作丁寧語動詞來用。兩者的區別是：前者的動作主體是說話者自己或與自己熟識的人；而後者則是和自己無關的人或者是某種動物。例如：

○父は今東京におります。（謙讓語動詞）

／父親現在在東京。

○デモに参加する人は四、五万人もおります。（丁寧語動詞）

／參加示威遊行的人，有四、五萬人。

○父は今客間で新聞を読んでおります。（謙讓語補助動詞）

／父親現在正在客廳看報紙。

○多くの人々が公園の中を散歩しております。（丁寧語補助動詞）

／公園裡有許多人在散步。

在我們的學習過程中，經常籠統地認為おる是敬語動詞，而沒有搞清楚它只是謙讓語、丁寧語，而導致誤用。例如：

×佐藤先生はおりますか。↓○佐藤先生はいらっしゃいますか。

／佐藤老師在嗎？

這一個句子是把おる當作尊敬語的誤用。

(3) いたす 是する的丁寧語動詞。相當於中文的做，或根據所接的動詞翻譯。

○女の人も男と一緒に畑に出て畑仕事をいたします。

／女人們也和男人一樣到田裡工作。

○式典は無事終了いたしました。

／儀式圓滿結束了。

いたす也是既可以做謙讓語動詞來用，也可以做丁寧語動詞來用，講自己或與自己關係密切的人的動作時，則是謙讓語動詞，講和自己、對方都毫無關係的其他人的動作或客觀事物的活動時，則是丁寧語動詞。例如：

○御無沙汰いたしました。（謙讓語動詞）

／好久不見了。

○お正月になると、殆どの店は休業いたします。（丁寧語動詞）

／一到過年的時候，幾乎所有的商店都暫停營業。

和前面的おる一樣，也有人往往把它做為尊敬語動詞來用，用來講自己的上級、長輩的動作，這是錯誤的。例如：

×今年の夏休みには先生は何をいたすつもりですか。→○今年の夏休みには先生は何をなさるおつもりですか。

／暑假老師有什麼安排呢？

（4）申す　是言う的丁寧語動詞。相當於中文的說、叫。

○右側の山は名高い山で、比叡山と申します。

／右側的山是一座有名的山，名叫比叡山。

○申すまでもなく、水がなければ、人間は生きることができません。

／不用說也知道沒有水人是活不下去的。

它既是謙讓語動詞，也可以是丁寧語動詞。前者主語或動作主體多是自己或與自己關係密切的人；而後者的主語或動作主體則是與自己毫無關係的人或者是客觀事物。例如：

○（私(わたし)は）つまらないことを申(もう)しましてすみません。（謙讓語動詞）

／很抱歉我講了一些無聊的事。

○これは申(もう)すまでもないことです。（丁寧語動詞）

／這是理所當然的事。

以上是日語中的主要敬語動詞與其用法。至於其他的敬語動詞與用法，由於篇幅有限不再一一舉例說明。如想更深入了解請參考笛藤出版圖書有限公司出版的修訂版基礎日本語敬語一書。

第九章 補助動詞——て下面的補助動詞

接在另一個動詞的下面，增添某種語法意義的動詞，即接在下面的動詞則是補助動詞。

補助動詞由於前後兩個動詞接續關係的不同可分為兩種類型：

１接在接續助詞て（即動詞連用形＋て）下面的補助動詞，如食（た）べている中的いる、書（か）いてもらう中的もらう等。

２直接接在動詞連用形下面的補助動詞，如食（た）べ始（はじ）める中的～始（はじ）める、咲（さ）き出（だ）す中的～出（だ）す等。

本章首先就～て補助動詞加以說明，下一章再探討複合動詞與動詞連用形下面的補助動詞。

1 て下面的補助動詞的種類

接在て下面的補助動詞，主要的有：～いる、～ある、～置く、～しまう、～行く、～来る、～見る、～見せる、～あげる、～くれる、～もらう等。

但要注意的是：有些動詞接在て下面時，仍保持原來動詞的意義，這時則不是補助動詞，而是原來的獨立動詞；只有改變了本來意義，才是補助動詞。請比較下列句子中的動詞，來看一看是獨立動詞，還是補助動詞。

①○暗いから明りを点けて見る。（獨立動詞）

／太暗了開燈來看。

②○そのことを先生に相談して見よう。（補助動詞）

／那件事情和老師商量看看吧。

③○風呂敷（ふろしき）を畳（たた）んで（ポケットに）しまった。（獨立動詞）

／把布巾折起來，收到口袋裡了。

④○宿題（しゅくだい）を全部（ぜんぶ）やってしまった。（補助動詞）

／在把作業全做完了。

上面句子裡作獨立動詞用的動詞，都保留了原來的意思，它所表示的動作是主語的主要動作；而補助動詞則不再是動詞原本意思，也不再是主語的主要動作，而是為て前面的動詞增添了某種語法上的意義。如①句的明（あか）りを点（つ）けて見（み）る中的見（み）る仍是這一動詞原來的看的意思，它仍是主語的主要動作，而相談（そうだん）して見（み）よう中的見（み）る則不再是原來的看的意思，也不再是主語的主要動作，而是給相談（そうだん）する增添試一試的意思，補充了動詞相談（そうだん）する的意思。下面しまう的例句也是如此。

て下面的補助動詞，從它們表示的意思來看，有以下三種類型：

(1)表示アスペクト的補助動詞有：

～ている、～てある、～て置（お）く

～て行く、～て来る等。

（2）表示受給關係的補助動詞有：

～てあげる、～てくれる、～てもらう等。

（3）其他的補助動詞有：

～て見る、～て見せる等。

下面就這些補助動詞逐一說明。

2 表示アスペクト的補助動詞

アスペクト和語也稱作相（そう），中文有人譯作體、態，也有人譯作語體，譯詞很不統一，為了避免發生誤解，本書仍用アスペクト這一用語。什麼是アスペクト呢？用比較淺顯的話來說，就是在整個動作或作用進行的過程中，某一階段或某一時刻的動作、作用，也就是從某一動作、作用的開始到動作、作用終了之間的各個階段的動作、作用。表示アスペクト的補助動詞則是與て結合起來表示某一段時間裡，動作所處的情況、狀態的動詞。下面逐一進行說明。

1 ～ている

（1）接在接續動詞連用形下面，表示動作進行中。相當於中文的正在……、在……、……著等。例如：

○皆教室で勉強している。

／大家都在教室裡唸書。

○雲雀が空高く飛んでいる。

／雲雀在空中飛著。

○多くの車が大通りを走っている。

／許多車子正在馬路上跑著。

用～ていた表示過去的進行。

○父は長い間、その会社で働いていた。

／父親在那家公司工作很長的一段時間。

（2）接在瞬間動詞的連用形下面，表示動作結果的持續。相當於中文的了、著，或根據前後關係適當地譯成中文。

○その蛇はもう死んでいる。

／那條蛇死了。

○窓が開いている。

／窗子正開著。

○社長は東京へ行っている。

／董事長到東京去了。

用~ていた表示過去一個時期裡，某一動作結果的持續。例如：

○昨日、あの窓はずっと開いていた。

／昨天，那扇窗子一直開著。

有時~ている與~た很相似，有時譯成中文都是了，但兩者側重點不同，用~ている側重於動作結果保存下來的狀態，而~た則強調動作的完了。例如：

○机が壊れている。

／桌子壞了。

○机が壊れた。

／桌子壞了。

前一句側重壞了這一結果的持續，現在還沒有修理，仍然壞著；後一句側重從不壞到壞了這一過程。

(3)接在第四類動詞連用形下面，表示單純的狀態。需根據句子的前後關係適當翻譯。

○彼はとても痩せている。

／他很瘦。

○道は曲がっている。

／路彎彎曲曲。

○湖の水は透き通っている。

／湖水清澈見底。

講過去的情況也要用~ていた。例如：

○彼はこの学校に入って来た時、痩せていたよ。

／他剛進這所學校的時候很瘦。

(4) 接在繼續動詞、瞬間動詞連用形下面，表示動作的反覆。在中文裡往往翻譯不出來。

○兄は毎日水泳の練習をやっている。

／哥哥每天練習游泳。

○毎年多くの人が心臓病で死んでいる。

／每年有許多人死於心臟病。

②～てある

它有下面兩種用法：

(1)表示動作結果的持續

接在意志動詞中的他動詞下面，這些他動詞所表示的動作結果多是看得到的，例如開(あ)ける、置(お)く、掛(か)ける、立(た)てる、並(なら)べる、つける等。一般用～が他動詞てある這一句型，表示動作結果的持續。相當於中文的…著。例如：

○窓(まど)が開(あ)けてある。／窗戶正開著。

○電燈(でんとう)が点(つ)けてある。／電燈亮著。

○本棚(ほんだな)には本(ほん)が並(なら)べてある。／在書架上擺著書。

○花(はな)が生(い)けてある。／花活著。

他動詞有相對應的自動詞時，用～が他動詞てある與～が自動詞ている兩者意義近似，但又不同。用～てある時，表示有人這樣做了，而後的狀態仍在保留著；而用～ている時，則只表示眼前看到的這一狀態。例如：

○電燈（でんとう）が点（つ）けてある。

／電燈亮著。

○電燈（でんとう）が点（つ）いている。

／電燈點著。

兩者意思雖然大致相同，但用～てある時，表示有人把電燈打開，這個電燈現在仍在亮著；而用～ている時則單純表示電燈亮著這一狀態。下面句子也都含有這種意思。

○戸（と）が閉（し）めてある。

／門正關著。

○戸（と）が閉（し）まっている。

／門關著。

（2）表示事前做好準備，也接在意志動詞中的他動詞下面，但這些他動詞所表

示的動作結果多是看不到的。如教える、覚える、借りる、貸す、話す、払う、取る、聞く以及一些サ變動詞等，一般用～を（は）他動詞てある句型，表示事先做好準備。相當於中文的…過了。例如：

○もう弟に教えてある。

／已經教弟弟了。

○仕事は頼んである。

／工作已經拜託他了。

○例の件は話してある。

／那件事已和他講過了。

○相手の弱点はもう十分研究してある。

／關於對方的弱點已做過充分的研究。

有時接在各別意志動詞中的自動詞下面，也可以表示對事情做好準備，也可以說有意識地對某一行為進行累積。但能這麼用的動詞不多。

○昼間眠ってあるから徹夜しても大丈夫だ。

／白天已經睡足了，熬一點夜也沒問題。

○大事な試合を控えているので、十分休養してある。

／由於面臨重要比賽，已確實做好。

③～ておく

接在意志動詞並且多是他動詞下面，表示下面幾種含義：

(1)表示動作結果的持續，可根據前後關係譯成中文，有時也譯不出。

○電燈を朝まで点けておこう。

／把電燈開著到早上吧！

○ドアに鍵をかけておきなさい。

／請把門鎖上！

有時也用動詞未然形ないでおく，表示否定狀態的持續。

○このことは他の人に言わないでおいてください。

／請不要把這件事情告訴別人！

(2)表示事先做好準備。相當於中文的事先做好…、事先…過，但往往譯不出。

○先生に電話をかけておきました。

／我事先已經打電話給老師過了。

○会議の前に資料を配っておきます。

／會議前有分發相關資料。

○お客さんが来る前に、果物や飲み物も用意しておきましょう。

／在客人到來之前，把水果、飲料準備好吧！

這麼用時，有時也可以接在自動詞下面。也可以譯作…好。

○今のうちに十分眠っておこう。

／趁現在這個時候，睡點覺吧！

（3）表示放任不管，即不多加理會使它繼續保持原來的狀態。①接在放る（放棄、不管）、うっちゃる（置之不理、放置不管）、捨てる（拋棄）、ままにする（任憑它去）下面；②接在使役助動詞せる、させる下面；③接在否定助動詞ない下面，用～ないでおく（不…）。相當於中文的讓它…下去。

○言うことを聞かなければ、放っておきなさい。

／要是不聽話的話，就不要管他了。

○僕をいつまでも待たせておくつもりですか。

／你打算一直讓我等下去嗎？

○今日は何も聞かないでおきます。

／今天什麼都別來問我。

4 ～てしまう

主要有以下三種用法：

(1)多接在意志動詞，有時接在無意志動詞中的繼續動詞下面，表示過程、動作的進行結束，即做完、完了。相當於中文的完、光等。

○一晩でこの本を読んでしまった。

／一個晚上就把這本書看完了。

○早く食べてしまいなさい。

／快點把它吃完。

○それをすっかり忘(わす)れてしまった。

／完全把它給忘了。

～てしまう與～た很容易混淆，但兩者的意思、用法不同：

～てしまう表示全部做完，如読(よ)んでしまう與全部読(ぜんぶよ)む、読(よ)み終(お)える意思相近，表示從頭到尾全部看完，它還可以用読(よ)んでしまおうか，表示意志，把它全部看完吧！

而～た只是表示動作的完了，例如読(よ)んだ，只是讀了、讀過，它不含自己的意志。

（2）多接在有情物的無意志動詞下面，如慌(あわ)てる、あきれる、飽(あ)きる等；或接在有情物動詞下面表示不由自主地做出某動作，表示無意識的動作。中文裡多譯作…了。例如：

○本当(ほんとう)にあきれてしまいました。

／真是傻眼。

○昨日(きのう)ちょっとの不注意(ふちゅうい)で茶碗(ちゃわん)を割(わ)ってしまいました。

／昨天稍不注意，就把碗摔碎了。

(3) 接在無意志動詞下面，表示一些客觀事物出現得出乎意料之外的消極結果。多譯作中文的…了。

○そんなことをしたら、時計が壊れてしまいますよ。

／你這樣錶會壞掉噢。

○一晩で家が焼けてしまいました。

／一個晚上，房子就燒光了。

○どうしたわけか、車が動かなくなってしまいました。

／不知道什麼原因，車子一動也不動了。

5 ～てくる

(1) 表示所在位置上的移動

這時仍含有獨立連用形くる的意思，因此有的學者認為這時的くる是獨立動詞，本書為了便於說明，在這裡一併作出說明。

它接在動作動詞下面，表示移動朝著說話者這邊來，即由遠向近的地方來。相當於中文的…來。

○りんごを買ってきました。
／我買來了蘋果。
○山へ行って栗を拾ってきました。
／上山撿了栗子。
○あの飛行機がこちらへ飛んできました。
／那架飛機往這邊飛來了。

(2)表示動作的變化過程或動作的繼續

接在含有變化意義的動作動詞下面，表示動作的變化過程；接在動作動詞中的繼續動詞下面，表示動作的持續。由於～てくる本來含義表示由遠而近的…來，因此這時也表示由過去到現在逐漸變化而來，或由過去持續到現在。相當於中文的…來。

○段々寒くなってきました。
／漸漸冷了起來。
○白鳥の数が次第に増えてきました。
／天鵝的數量逐漸增多了。

上述兩個句子，表示動作的變化過程。

○四年間お互いに励ましあってきました。

／四年間我們一直互相鼓勵著。

上述句子表示動作的持續。

⑥~ていく

它是與~てくる相對應的補助動詞。

(1)表示所在位置上的移動

這時仍含有獨立動詞行く的意思，因此有的學者認為它也是獨立動詞。本書為了便於說明，在這裡一併解釋。它表示移動的動作離開說話者所在的地方，即由近往遠的地方去。相當於中文的…去。

○毎日学校へ歩いていきます。

／每天走路上學。

○荷物を駅まで運んでいきます。

／把行李送到車站去。

○飛行機は南の方へ飛んでいきました。

／飛機往南飛去了。

(2) 表示動作的變化過程或動作的持續

接在一些含有變化意義的動詞下面，表示變化過程；也接在繼續動詞下面，表示動作的持續。由於～ていく的本來含義是由近向遠，因此這時也表示逐漸變化下去或持續下去。相當於中文的…下去、…了。

○火が消えて行った。

／火撲滅了。

○病気は日に日に重くなって行った。

／病一天比一天嚴重了。

上述兩個句子表示變化過程。

○これからしっかり勉強していきます。

／今後要努力用功。

〇今後(こんご)どうして食(く)っていくつもりですか。
／你打算今後怎麼生活？

上述兩個句子，表示動作的繼續。

7 ～てくる與～ていく的關係

～てくる與～ていく兩者是相對應的補助動詞，兩者近似。有時大致可互換使用，有時只能使用其中之一。

(1)表示所在位置的補助詞時，兩者意義不同，不能互換使用。例如：

〇皆(みんな)は走(はし)ってきました。
／大家跑來了。

〇皆(みんな)は走(はし)っていきました。
／大家跑去了。

(2)在表示動作變化過程或動作繼續時，由於～てくる表示向說話者這方向來，因此它帶有說話者主觀敘述的語氣；而～ていく表示遠離說話者，因

此它帶有作為第三者的問題，加以客觀觀察的語氣，但在表示動作的變化過程時，兩者都可使用，意義大致相同。例如：

○火が段々消えてきました。

／火漸漸熄了。

○十一月に入ると、段々寒くなってきます。

／進入十一月天氣就漸漸冷了起來。

在表示變化過程中的開始出現時，一般用～てくる，而不用～ていく。例如：

○山が見えてきました。（×見えていきました）

／看得見山了。

○雨が降ってきました。（×降っていきました）

／開始下起雨來了。

○言葉は生活の中から生まれてきます。（×生まれていきます）

／語言是從生活中產生出來的。

在表示變化過程開始消失時，用～ていく，而不是～てくる。例如：

○汽車は地平線の彼方に消えて行きました。

／火車消失在地平線的那端了。

3 表示受給關係的補助動詞

這些補助動詞表示將某種活動、動作所產生的好處，給了對方或為對方所接受，簡單地說就是誰為誰作某事，它們有下面幾種類型：

1 ～てくれる（～てくださる）

表示其他人為說話者自己或為與說話者關係密切的人作某種事情。～てくれる是普通的表現形式，～てくださる是敬語說法。

2 ～てあげる（～てやる）（～てさしあげる）

表示說話者自己或與自己關係密切的人，為他人做某事。其中～てやる、～てあげる是一般的表現形式，～てさしあげる是敬語說法。

3 ～てもらう（～ていただく）（～て頂戴）

表示說話者自己或與自己關係密切的人，請求其他人為自己做某種事情。其中～てもらう是普通的表現形式，而～ていただく、～て頂戴是敬語說法。

關於～ていただく、～て頂戴的意義及其用法已在本書的第七章受給動詞一章中作了說明。請參看第七章。

4 表示嘗試行為的補助動詞

這種補助動詞只有～てみる與～て見せる，兩者是相互對應的補助動詞，意思不同。

1 ～てみる

接在意志動詞的連用形下面，表示試試看。

○この万年筆を買うときには、何度も字を書いてみました。

／買這支鋼筆的時候，試寫了很多次。

○遊びに行ってみませんか。

／要去玩玩看嗎？

○いい匂いがしますよ。ちょっと嗅いでみなさい。

／這味道很香喔！你聞聞。

○やってみないと分かりません。

／不試試看是不知道的。

原則上來說，一般是不能接在無意志動詞下面的，但在由と、たら、ば構成的條件句裡，有時也用無意志動詞てみる，但這時的～てみる中的みる，多少有看的意思。例如：

○朝になって見ると、熱は下がっていた。／到了早上一看，發現燒漸漸退了。

2 ～て見せる

也接在意志動詞的連用形下面，表示作出某種活動、動作給人看。相當於中文的…給看。

○先生は正しく発音をして見せてから、私たちにもそのように発音させた。

／老師準確地發音給我們看之後，也讓我們照著說說看。

○包丁売りは包丁で骨を切って見せました。

／賣菜刀的小販用菜刀剁骨頭給我們看。

○小学生たちは日本の踊りを踊って見せました。

／小學生們跳日本舞給我們看。

有時用來表示自己的意志、覺悟或決心。這時往往省略主詞私。相當於中文的給你們看，有時也可以不譯出。

○将来の仕事のために必ず日本語をマスターして見せます。

／為了將來的工作，一定要把日語學好。

○今度はきっと百点を取って見せます。

／這次考試一定考個一百分給你看。

○きっとこの仕事を成功させて見せます。

／一定要完成這件工作給你們看。

第十章 複合動詞—補助動詞、接尾語

日語動詞從結構上來看，有獨立動詞和複合動詞兩種。獨立動詞是一個單獨的動詞；而複合動詞則是由兩個動詞或由一個其他的詞，和動詞結合起來構成的動詞，如晴れる（晴）、上がる（上）是兩個獨立動詞，而這兩個獨立動詞結合起來構成的晴れ上がる（放晴）則是複合動詞。在比如名（名字）是獨立名詞，付ける（加上）是獨立動詞，而這個名詞名和動詞付ける結合起來構成的動詞名付ける（起名字）也是複合動詞。

1 複合動詞的類型

日語裡的複合動詞很多，從它們的構成情況來看，有次下的幾種類型：

(1) 動詞＋動詞

在前面的動詞（即前位詞）連用形下面加上另一個動詞（即後位詞）。這種形式的複合動詞，占複合動詞的絕大部分。例如：

立(た)ち上(あ)がる／站起　　攻(せ)め落(お)とす／攻下、攻落

飛(と)び込(こ)む／跳進　　考(かんが)え出(だ)す／想出來

歩(ある)き回(まわ)る／到處走　　飛(と)びかかる／撲上去

(2) 形容詞＋動詞

在前面形容詞語幹下面接動詞。例如：

近寄る／走近　遠まわる／繞遠路
古ぼける／破舊、陳舊　多すぎる／過多

(3) 名詞＋動詞

在名詞下面直接接動詞

名付ける／起名　目掛ける／朝著目標
骨折る／費力

(4) 其他由接頭語、接尾語構成的複合動詞

打ち解ける／解開　引き続く／繼續
押し進める／推進　繰り返す／反覆

以上是由接頭語構成的複合動詞

春めく／帶有春意　田舎びる／帶有鄉村氣息
面白がる／覺得有趣　気違い染みる／瘋子似的

以上是由接尾語構成的複合動詞

以上四種複合動詞中的第(2)、(3)類複合動詞，儘管從它們的構成來看是複合動詞，但在現代的日語裡它們大部分都已成了一個獨立的動詞，並且在一些辭典裡大部分都可以查到，因此就不在這裡一一舉例說明。在本章裡只就上述的(1)類、(4)類複合動詞的構成及其意義、用法作些說明。

2 由補助動詞構成的複合動詞

這種複合動詞是由補助動詞構成的，而這些補助動詞與前一章中所講到的て下面的補助動詞不同，是直接接在動詞連用形或其他單語下面，構成的複合動詞。從這些補助動詞來看，有下面幾種：

(1) 表示方向性的補助動詞

～上(あ)げる　～上(あ)がる　～落(お)とす

～着(つ)ける　～着(つ)く　～込(こ)む

～出(だ)す　～でる　～入(い)る

～入(い)れる　～回(まわ)る　～回(まわ)す

〜渡る　〜渡す　〜掛かる

〜掛ける　〜帰す　〜帰る

〜会う　〜会わせる等

（2）強調程度的補助動詞

〜上げる　〜上がる　〜付ける

〜込む　〜入る　〜返る

〜立てる　〜立つ　〜切る

〜抜く　〜尽くす　〜まくる等

（3）表示動作失誤、不當的補助動詞

〜誤る　〜違える　〜損なう（〜損ねる）

〜損じる（損ずる）　〜聳える　〜落とす

〜漏らす　〜過ぎる　〜過ごす

～かねる等

(4)表示改正、更改的補助動詞

～直す　～直る　～改める

～返す　～返る　～変わる

(5)表示アスペクト的補助動詞

～かかる　～かける　～始める

～出す　～続ける　～続く

～終わる　～終える　～上がる

～上げる　～抜く　～通す

～切る　～なれる　～付ける

下面就上述各種補助動詞，逐次做簡單說明。

3 表示方向性的補助動詞

這類複合動詞表示動作向上、下、左、右、前、後等進行，可組合一起使用的有下面一些：

(1)～上げる

接在他動詞下面，構成複合他動詞，表示使某種東西自下向上移動。相當於中文的…上來、…起來等。例如：

汲み上げる／打水上來　持ち上げる／拿起來

蹴上げる／踢起來　吸い上げる／吸上來

(2)～上がる

它是與～上げる相對應的補助動詞，接在自動詞下面，構成複合自動詞，表示自下往上移動。相當於中文的…起。例如：

浮き上がる／浮起、飄起　　立ち上がる／站起

飛び上がる／飛起　　はい上がる／爬起

跳ね上がる／跳起　　舞い上がる／舞起

(3)～落とす

多接在他動詞下面構成複合他動詞，表示將某種東西弄下去。可以換用～しておとす在意思上以落とす為主，而以上面的動詞為次。相當於中文的…落、…下。例如：

突き落とす／推下　　撃ち落とす／擊落

叩き落とす／敲下　　攻めて落とす／攻下

(4)～付ける

①接在自動詞下面，構成複合自動詞，表示到達某一地點。相當於中文的…到、…上。例

如：

駆け付ける／跑到　追い付ける／追趕上

○彼は取るものも取らず、駅に駆け付けた。

／他連東西也顧不得拿，就趕到火車站去了。

②接在他動詞下面，構成複合他動詞，表示將某種東西緊緊地附在另一種東西上。相當於中文的…上。例如：

植え付ける／栽上　切り付ける／刻上

はり付ける／貼上　縫い付ける／縫上

書き付ける／寫上

(5)～着く

接在自、他動詞下面，構成複合自動詞。在表示方向時有下面兩種意思：

①來自獨立動詞着く，表示到達某一地點。相當於中文的…到。例如：

追い着く／追上　泳ぎ着く／游到

帰り着く／回到　　行き着く／走到

○王さんはいち早く向こう岸に泳ぎ着いた。

／王先生第一個游到了對岸。

②來自獨立動詞付く，表示緊緊地附在另一個物體上，或緊緊地抓住另一個物體。相當於中文的…在。值得注意的是：即使前面的動詞是他動詞，構成複合動詞後，該詞即成為自動詞，因此一般用～に～着く。例如：

齧り付く／咬住　　噛み付く／抓住

食い付く／咬住　　しがみ付く／抓住

吸い付く／吸住　　抱き付く／抱住

○彼はやっとバスに縋り付きました。

／他好不容易搭上了公共汽車。

○この子は怖い時にはすぐ母に抱き付きます。

／這個孩子一害怕，就馬上跑去抱媽媽。

也來自獨立動詞付く，表示固定在另一種物體上，而不脫落，也用於抽象事物，相當於中文的…上、…到等。例如：

錆付く／生銹　染み付く／染上

考え付く／想到

也表示完全如何如何，相當於中文的完全…。

凍て付く／結凍　凍り付く／結凍

焦げ付く／燒焦

另外也接在名詞、副詞等下面，構成複合動詞，但這時則多成為獨立動詞了。

(6)~込む

用~込む構成的複合動詞較多，在表示方向時，有下列幾種用法：

①接在意志動詞、無意志動詞中的自動詞下面，構成複合自動詞，表示…進、…入。例如：

飛び込む／跳入　駆け込む／跑進

落ち込む／陷入、掉進　舞い込む／飛入

紛れ込む／捲入　乗り込む／坐進

○貧困のどん底に落ち込んだ。

／陷入了貧困的深淵。

②接在意志動詞中的他動詞下面，構成複合他動詞，表示將某種東西弄進另一種東西裡。相當於中文的…進、…入。例如：

追い込む／趕進　　送り込む／送進

押し込む／推進、壓進　　書き込む／寫進

○車内に乗客を押し込む。

／將乘客推進車內。

(7)～出す

接在意志動詞中的他動詞下面，構成複合他動詞，表示將某種東西弄到外面。相當於中文的…出。例如：

追い出す／攆出去、趕出去　　押し出す／推出

探し出す／找出　　誘い出す／約出

曝（さら）け出（だ）す／揭露出　締（し）め出（だ）す／關在門外

由這一用法引申表示作成…、作出…，也相當於中文的…出。例如：

考（かんが）え出（だ）す／想出　編（あ）み出（だ）す／編出

描（え）き出（だ）す／描繪出　作（つく）り出（だ）す／做出

(8) ～出（で）る

是與～出（で）す相對應的補助動詞，它構成的複合動詞沒有～出（で）す那麼多，主要接在無意志動詞中的自動詞下面，構成複合自動詞，表示從裡面向外面…出。相當於中文的…出。例如：

流（なが）れ出（で）る／流出　滲（にじ）み出（で）る／滲出

湧（わ）き出（で）る／湧出　浮（う）き出（で）る／飄出、浮出、飄上來

飛（と）び出（で）る／跳出

(9) ～入（い）れる

接在意志動詞中的他動詞下面，構成複合他動詞，表示將某人、某一事物由外面弄到裡

面。相當於中文的…進、…來。例如：

預け入れる／存入　　借り入れる／借入、貸入

仕入れる／買進、買入　　招き入れる／招來

雇い入れる／雇用　　受け入れる／接受（進來）

○銀行から金を借り入れる。

／從銀行借錢。

○運転手を雇い入れる。

／雇來汽車司機。

（10）～入る

是與～入れる相對應的補助動詞，但沒有～入れる用得那麼廣泛。接在意志動詞中的自、他動詞下面，構成複合自動詞，表示進入、深入到某一地點、場所。相當於中文的…入、…進。例如：

討ち入る／攻進、攻入　　押し入る／闖進

忍び入る／偷偷地進入

(11) ~回す

接在意志動詞中的自、他動詞下面，構成複合他動詞，表示…著到處轉。相當於中文的…著到處轉、到處…。例如：

追い回す／到處追　　引き回す／拉著到處轉

乗り回す／騎著到處轉

○女の子を追い回す。

／到處追女孩子。

○オートバイを乗り回す。

／騎著摩托車到處轉。

(12) ~回る

是與~回す相對應的補助動詞，接在意志動詞中的自、他動詞下面，構成複合自、他動詞，詞性由前一個動詞決定，並且由於～回る含有移動的意思，因此表示在某地轉動時，動詞前面用助詞を。相當於中文的到處（轉）。

走り回る／到處跑　　歩き回る／到處走

飛び回る／到處跳　　売り回る／到處賣

○鈴木さんは各地を歩き回って写真展を行った。

／鈴木四處舉辦攝影展。

○田中さんは海岸で魚を仕入れてそれを売り回った。

／田中在海邊買魚後，到各地兜售。

(13) ～渡る

接在無意志動詞中的自動詞下面，構成複合自動詞，表示在大範圍內出現某種情況，引申表示徹底的狀態，相當於中文的…遍、徹底地，或根據前後關係適當地譯成中文。例如：

行き渡る／普遍、普及　　冴え渡る／（月光）清澈

澄み渡る／晴朗　　鳴り渡る／響徹

晴れ渡る／晴朗無雲　　響き渡る／響徹

○歌声は会場いっぱいに響き渡った。

／歌聲響徹了會場。

○私は芝生に寝転んでじっと晴れ渡った空を眺めていた。

／我躺在草坪上，靜靜地眺望著萬里晴空。

(14)～渡す

接在意志動詞的他動詞下面，構成複合他動詞，用於人與人之間的接受關係，表示某人向另外的人轉交、轉讓東西或人。可譯作中文的…出等，或根據所接的動詞，適當地翻譯。例如：

明け渡す／騰出　　言い渡す／宣告

売り渡す／賣出　　引き渡す／交出

○ポストを譲り渡す。

／把位置讓出來。

○犯人を引き渡す。
／把犯人交給對方。

個別時候用見渡す，表示廣泛地看。例如：

○汽車は見渡すかぎりの平野を三時間も走った。
／火車在一望無際的平原上跑了三個多小時。

(15) ～掛ける

接在表示語言活動的自、他動詞下面，構成複合自動詞。一般用～に～掛ける的句型，表示向對方說、講或對對方工作。動詞含義適當地譯成中文。例如：

話し掛ける／搭話　問い掛ける／詢問
呼び掛ける／招呼、號召　微笑み掛ける／向…微笑

○私が話掛けようとしたが、彼は出て行った。
／我想跟他說話，可是他出去了。
○隣席の人が色々と問い掛けて来る。
／坐在旁邊的人對我問東問西的。

(16)～掛かる

接在自、他動詞下面，構成複合自動詞，表示向對方進行某種動作（即進行所接動詞表示的動作）。相當於中文的…上去、…下來等。例如：

飛び掛かる／撲上去　　伸し掛かる／壓上去

垂れ掛かる／垂下來（以上接在自動詞下面）

斬り掛かる／砍下去　　攻め掛かる／攻上去

つかみ掛かる／抓起來　　突っ掛かる／衝上來；頂撞

襲い掛かる／襲擊上來（以上接在他動詞下面）

○いきなり彼にと飛び掛って組み伏せる。

／突然撲上去將他按倒。

○彼は訳もなく、僕に掴み掛かった。

／他毫無理由的撲過來抓住了我。

(17) ～返す

①接在意志動詞中的他動詞、名詞或副詞等下面構成複合他動詞，表示使處於靜止狀態的動作對象裡、面、內、外翻過來。例如：

折り返す／折過來　　鋤き返す／犁、鋤

裏返す／翻　　引っ繰り返す／打翻、弄倒

掘り返す／挖掘過來　　混ぜ返す／攪拌混合起來

○畑の土を鋤き返して種を蒔いた。

／翻動田裡的土壤播種。

○人の話を混ぜ返すな。

／不要打斷別人的談話。

②接在他動詞下面，構成複合他動詞，表示某種東西的反作用現象，亦即使移動、變化的東西向相反的方向移動、變化，如物理學上的反作用、反射現象；動作的推回、語言的反問等。可根據所接的動詞，適當地進行翻譯。例如：

照り返す／反照　　弾き返す／彈回

追い返す／攆回、趕回　　送り返す／送回

押し返す／推開　　聞き返す／反問

③進一步表示重新作或重複做某種事情。可譯作中文的重…、再…等。

そめ返す／重染　　縫い返す／重縫、重做

蒸し返す／重蒸；再提出　　読み返す／重複唸

言い返す／回嘴；再說一次　　問い返す／再問

○同じことを何遍も言い返す。

／重複說著同樣的話。

○昨日のことを彼はまた蒸し返して来た。

／他又再提起了昨天的事。

(18)～返る

是與～返す相對應的補助動詞

①接在自動詞、名詞、副詞等下面，構成複合自動詞，表示處於靜止狀態的東西的裡、面、

內、外，翻了過來。

引っ繰り返す／翻、倒　裏返す／反了

寝返す／翻身；叛變

②接在自、他動詞下面，構成複合自動詞，有些時候構成複合他動詞，表示往反方向的動作。有時譯作中文…回，或根據所在的動詞適當地譯成中文。例如：

立ち返る／回　跳ね返る／彈回

振り返る／回顧（以上為複合自動詞）

見返る／回頭看（以上為複合他動詞）

○初めの問題に立ち返って考えます。

／回到最初的問題重新思考。

○彼は私の方を見返った。

／他回過頭來看我。

引申表示恢復原來的狀態。可根據所接的動詞，適當地譯成中文。

生き返る／甦醒過來　若返る／年輕起來

(19) ～合う

接在自、他動詞下面，多構成複合自動詞，有些時候構成複合他動詞，表示兩者互相如何如何。相當於中文的互相…。例如：

向かい合う／（相互）對面　　助け合う／互相幫助

話し合う／（互相）商量　　語り合う／互相談論

握り合う／（互相）握（手）

○皆で話合って決めましょう。

／大家一起商量再做決定吧！

○私たちは再会を喜び、お互に固く手を握り合った。

／我們為彼此的重逢而開心，互相緊握著雙手。

(20) ～合わせる

是與～合う相互對應的補助動詞，接在自、他動詞下面，構成複合他動詞，基本含義表示將兩種東西弄在一起。相當於中文的使…一起、把…一起。例如：

組み合わせる／組裝一起　　継ぎ合わせる／接在一起

詰め合わせる／攙在一起　　縫い合わせる／縫在一起

混ぜ合わせる／混在一起

○お医者さんは傷口を縫い合わせた。

／醫生把傷口縫起來了。

○各種の見本を詰め合わせて送る。

／把各種樣本裝在一起寄送。

引申用於事情、人際關係、表示互相……。例如：

照らし合わせる／互相對照　　睨み合わせる／比較、對照

見合わせる／對著看　　打ち合わせる／對打、商量

聞き合わせる／打聽　　問い合わせる／詢問

○六時に駅で待ち合わせましょう。

／大家六點在車站集合吧！

○八時に集まるように申し合わせました。

／互相約好八點集合。

4 構成複合動詞表示程度的補助動詞

這類複合動詞中的補助動詞是用來強調程度之高、之大。

(1) ～上げる

接在意志動詞中的他動詞下面，構成複合他動詞，與所接的前一個動詞的意思相同，只是強調程度之高。有時譯作中文的…出來、…起來。

築き上げる／修築起來　鍛え上げる／磨練出來

育て上げる／培育出來　叩き上げる／敲打出來；練出。

○それは小さい時から棟梁のもとで叩き上げた腕だ。

／那是從小在木匠師傅身旁磨練出來的手藝。

○多くの人は困難の中で鍛え上げた。

／許多人在困難中磨練成長了。

（2）～上がる

是與～上げる相對應的補助動詞，接在無意志動詞中的自動詞下面，構成複合自動詞，表示事物達到最高的程度、最大的限度，含有完全…、徹底…的意思。相當於中文的完全…、全…等，或根據所接的動詞適當翻譯。例如：

晴れ上がる／天完全放晴了　　干上がる／水全乾了

沸き上がる／水沸騰　　震え上がる／渾身發抖

縮み上がる／縮小、畏縮　　のぼせ上がる／頭昏腦漲

○そのとき僕は怒りでのぼせ上がった。

／那時候我氣得頭昏腦漲。

○昼はまだいいが、夜になると、寒くて震え上がった。

／白天還可以，到了晚上會冷得渾身發抖。

(3) ～付ける

接在意志動詞中的他動詞下面，構成複合他動詞，表示所接動詞的動作達到了很厲害的程度。但所能構成的複合動詞不多。相當於中文的狠狠地…、緊緊地…。例如：

叱り付ける／狠狠地申斥　縛り付ける／緊緊綁住

巻き付ける／緊緊地捲起

○宿題を出さなかったので先生に叱り付けられた。

／因為沒有交作業，被老師狠狠地罵了一頓。

(4) ～込む

①接在意志動詞的他動詞下面，構成複合他動詞，表示將動作對象弄得很多。相當於中文的…很多等。例如：

買い込む／買很多　抱え込む／有很多

着込む／穿得多　刈り込む／割很多

○仕事をたくさん抱え込んでいるので、旅行にも行けない。

／工作很多，也無法出去旅行。

②同様接在意志動詞的他動詞下面，表示弄得很深入、很徹底。可根據所接的動詞，適當翻譯。

○犬に芸を教え込む。

／教狗學把戲。

○女中に礼儀作法を仕込む。

／教女傭人禮節規矩。

接在少部分動作動詞以及表示狀態的動詞下面，構成複合自動詞。相當於中文的很……、……厲害。例如：

寝込む／睡死　　冷え込む／冷得很厲害

○父は最近めっきり老い込んだ。

／父親最近老好多。

○仕事は立て込んでいるから、新聞を読む暇さえない。

／工作忙得很，連看報紙的時間都沒有。

（5）入る

接在意志動詞下面，多構成複合自動詞，有些時候構成複合他動詞，表示深入地作某種活動。可根據所接的動詞，適當地譯成中文。

聞き入る（自）／專心地聽　　詫び入る（自）／深深地道歉

見入る（自、他）／仔細地看、注視

○皆は実験の結果を見入っている。

／大家都注視著實驗的結果。

也接在與人們的動作、活動有關的無意志動詞下面，構成複合自動詞，表示達到了完全、徹底的程度。相當於中文的很、非常。例如：

恐れ入る／很不敢當　　驚き入る／非常吃驚

感じ入る／很佩服　　泣き入る／痛哭

寝入る／熟睡　　恥じ入る／非常羞愧

○私は彼の腕前に驚き入った。

／我對他的能力相當驚訝。

○あの人の言葉には全く感じ入りました。

／聽了那人的談話，感到相當佩服。

（6）～返る

接在無意志動詞中的自動詞下面，構成複合自動詞，表示某種情況、狀態達到很高的程度。要根據所接的動詞適當地進行翻譯。例如：

冴え返る／（月光）清亮得很、清澈

静まり返る／安靜得很　　沸き返る／水滾開、沸騰

煮え返る／氣得很　　噎せ返る／嗆得很

○悔しくて腹の中が煮え返っている。

／太過懊悔。

○こんなひどいものが五万円だって、呆れ返ったね。

／這麼爛的東西要五萬日元，真令人傻眼。

(7)～立てる

接在意志動詞或名詞下面，構成複合他動詞，表示下面幾種含義：

①基本含義表示將某種東西…（立）起，可根據所接的動詞進行翻譯。例如：

組み立てる／組裝起來　　積み立てる／累積起來、積存起來

引き立てる／提拔、鼓勵　　泡立てる／使起泡沫

②引申用於語言現象或其他動作方面，加強所接動詞的語義。可根據所接的動詞適當地進行翻譯。例如：

しゃべり立てる／大講特講　　褒め立てる／大加表揚

書き立てる／大寫特寫　　煽り立てる／大肆煽動

飾り立てる／大加裝飾　　追い立てる／轟走、逼走

○彼は二時間もしゃべり立てていた。

／他滔滔不絕地講了兩個小時。

○お正月になると、どの店もきれいに飾り立てます。

／一到過年，每間商店都大大地裝飾起來。

(8) ～立つ

是與～立てる相對應的補助動詞，接在無意志動詞下面，構成複合自動詞，表示下面兩種含義：

①基本含義表示某種東西…立著。例如：

切り立つ／垂直聳立　　そそり立つ／高高聳立

聳え立つ／聳立　　突っ立つ／直立

②引申用於其他的動作方面，加強所接動詞的語義。可根據所接的動詞適當翻譯。例如：

熱り立つ／憤怒　　気負い立つ／精神抖擻

煮え立つ／沸騰起來　　奮い立つ／振奮起來

燃え立つ／燃焼起來　　沸き立つ／沸騰起來

○選手たちは奮い立ってとうとう相手を打ち負かした。

／選手們振奮精神終於把對方擊敗了。

○ストーブの火が燃え立って部屋の中が暖かい。

／爐火燃焼著，房間裡很暖和。

（9）～切（き）る

多接在表示狀態的意志動詞下面，構成複合自動詞，表示某種狀態達到最大限度。相當於中文的…得很、…已經。例如：

困（こま）り切（き）る／困難得很　　疲（つか）れ切（き）る／累得很

弱（よわ）り切（き）る／衰弱得很；困窘已極　　張（は）り切（き）る／幹勁十足

○澄（す）み切（き）った湖（みずうみ）には小舟（こぶね）が漂（ただよ）っている。

／小船飄盪在清澈見底的湖面上。

○それは分（わ）かり切（き）ったことだ。

／那是很顯而易見的事情。

（10）～抜（ぬ）く

接在表示狀態的自、他動詞下面，構成複合自動詞、他動詞，表示達到很高的程度。相當於中文的…得很、一直…等。

悲（かな）しみ抜（ぬ）く／一直很悲痛　　苦（くる）しみ抜（ぬ）く／一直很痛苦

弱り抜く／很為難、很吃不消　困り抜く／很為難

○ずっと今まで苦しみ抜いたから、これから少し楽をしよう。

／過去一路走來那麼辛苦，今後讓生活輕鬆一點吧！

○彼は奥さんをなくして弱り抜いている。

／他的太太過世了，他顯得非常憔悴。

(11) ～尽くす

接在意志動詞中的他動詞下面構成複合他動詞，表示將某種東西全部……。相當於中文的……盡、…先。例如：

焼き尽くす／焼光　使い尽くす／用光

取り尽くす／拿光　なめ尽くす／嚐盡

○あの鉱山はもう掘り尽くされた。

／那座礦山已經挖光了。

○母の一生は苦痛をなめ尽くした一生だった。

／母親的一生嚐盡痛苦。

(12)～まくる

接在自、他動詞下面，構成的複合動詞詞性由前面的動詞決定，表示下面兩種意思。

①加強語氣，表示某一動作氣勢兇猛。相當於中文的猛…。例如：

吹(ふ)きまくる／猛吹　　逃(に)げまくる／拼命地逃

○一日中(いちにちじゅう)吹雪(ふぶき)が吹(ふ)きまくっていた。

／一整天下著暴風雪。

○犬(いぬ)に追(お)い掛(か)けられて、夢中(むちゅう)で逃(に)げまくりました。

／被狗追得拼命地逃。

②表示將某種動作反覆進行多次。相當於中文的反覆…、拼命…。例如：

言(い)いまくる／反覆説　　書(か)きまくる／拼命寫

○夜(よる)も寝(ね)ないでレポートを書(か)きまくった。

／晚上也不睡覺，拼命地寫報告。

5 表示動作失誤、動作不當的補助動詞

（1）～誤（あやま）る

接在意志動詞中的他動詞下面，構成複合他動詞，表示由於動作主體的疏忽大意而搞錯。相當於中文的…錯。例如：

聞（き）き誤（あやま）る／聽錯　　言（い）い誤（あやま）る／說錯

取（と）り誤（あやま）る／拿錯　　書（か）き誤（あやま）る／寫錯

見（み）誤（あやま）る／看錯

○うっかりして「傾城（けいせい）」を「けいじょう」と読（よ）み誤（あやま）ってしまった。

／不小心將「けいせい」唸成「けいじょう」了。

○「暮」の字（じ）を「墓」と書（か）き誤（あやま）ってとんでもない間違（まちが）いをした。

／將「暮」字錯寫成了「墓」，出了個大錯。

（2）～違(ちが)える

也接在意志動詞下面，構成複合他動詞，也表示搞錯，但與～誤(あやま)る不同的是：～違(ちが)える多用來表示由於動作對象相似易搞混，因此才出現錯誤。相當於中文的…錯。例如：

言(い)い違(ちが)える／説錯　考(かんが)え違(ちが)える／想錯

聞(き)き違(ちが)える／聽錯　取(と)り違(ちが)える／拿錯

組(く)み違(ちが)える／排錯（字）

○彼(かれ)は青宮(あおみや)を大宮(おおみや)と聞(き)き違(ちが)えてそう書(か)いてしまった。

／他把青宮錯聽成大宮，才那麼寫的。

～誤(あやま)る與～違(ちが)える雖然意思大致相同，但構成句子的前後關係不同，即產生錯誤的原因是不同的；～誤(あやま)る是由於主語的疏忽大意；而～違(ちが)える則是由於客觀原因可用以下兩個例句去判斷兩者的異同。

○うっかりして漢字(かんじ)を書(か)き誤(あやま)った。

／疏忽大意就把漢字寫錯了。

○二(ふた)つの漢字(かんじ)が似(に)ているから、書(か)き違(ちが)えた。

／兩個漢字相像，因此寫錯了。

(3)～損なう、～損ねる

兩者的意義、用法相同，但用～損なう的時候較多。

①接在意志動詞中的自、他動詞下面，構成複合自、他動詞，詞性所接的前一個動詞詞性相同。表示將本來應該作到的事情沒有作了，應該弄好的事情沒有弄好。都相當於中文的…壞、沒有…好。例如：

書き損なう（書き損ねる）／寫壞

縫い損なう（縫い損ねる）／縫壞、做壞

し損なう（し損ねる）／做壞

やり損なう（やり損ねる）／做壞

○同じことを二度とやり損なっては（やり損ねては）いけない。

／不要把同樣的事情再搞砸了。

②也接在意志動詞中的自、他動詞下面，構成複合自、他動詞，詞性與所接的前一個動詞相同，表示錯過了某種機會，未能做到應該做到的事情。可譯作沒有機會…、沒有…。

聞き損なう（聞き損ねる）

／沒有（機會）聽

見損なう（見損ねる）

／沒有（機會）看

乗り損なう（乗り損ねる）

／沒有搭上

逃げ損なう（逃げ損ねる）

／沒有逃脫成功

○用事があったので、サッカーの試合のテレビ放送を見損なった（見損ねた）。

／因為有事，沒有看到足球比賽的轉播。

○時間になったので、私の言いたいことも言い損なった（言い損ねた）。

／因為時間到了，我想說的話也沒有有機會說。

③接在有情物的無意志動詞下面，與危うく…ところだった的意思相同，表示差一點就…、幾乎…。例如：

○死に損なう（死に損ねる）

／差一點死了

○落ち損なう（落ち損ねる）

／差一點掉下

○溺れ損なう（溺れ損ねる）

／差一點淹死

○山を登った時、崖から落ちて死に損なった（死に損ねた）。

／在登山的時候，從懸崖上掉下，差一點死了。

○川水に流されて危うく溺れ損なった（溺れ損ねた）。

／被河水沖走，差一點淹死了。

（4）～損ずる、～損じる

兩者意義、用法相同，都接在意志動詞下面，與～損なう（～損ねる）的①的含義、用法基本相同，表示把某種東西、事情弄壞、弄失敗，它強調這一弄壞、弄失敗的結果。相當於中文的…壞。例如：

○急いては事を仕損ずる（し損じる）。

／忙中出錯。

○何回も書き損ずる（書き損じる）。

／寫壞了好幾次。

（5）～そびれる

嚴格說起來，它不是補助動詞，因為它不能獨立使用，而是動詞性接尾語。但它與～損なう、～損ねる近似，因此在這裡一併說明。～そびれる與～損なう、～損ねる的②的意思相同，表示由於某種原因而錯過某種機會沒有完成。相當於中文的沒有……。

但它使用的時候極少，一般只接在某些特定的動詞下面，構成複合動詞。例如：

聞きそびれる／沒有聽到　　言いそびれる／沒有說

言い出しそびれる／沒有說出　　やりそびれる／沒有做

寝そびれる／沒有睡覺

○発言する人が多かったので、私の言いたいことも言いそびれた。

／發言的人很多，我想說也沒得說。

○昼寝の時間にお客さんに来られて寝そびれた。

／午睡時間裡來了客人，所以午覺沒睡成。

（6）～落とす

多接在與語言生活有關的意志動詞中的他動詞下面，構成複合他動詞，表示由於動作主體的疏忽大意，將不該漏掉的事項、情節漏掉，而這種失誤是動作主體無意中造成的。相當於中文的：漏掉，或根據所接的動詞適當翻譯。

言い落とす／說漏了　　書き落とす／漏寫

見落とす／看漏了　　読み落とす／漏唸

○うっかりして答案に自分の名前を書き落としてしまった。

／疏忽大意，在答案卷上漏寫了自己的名字。

○慌てていたので、大事なことを言い落とした。

／因為慌張而漏講了重要的事。

（7）～漏らす

也接在與語言生活有關的意志動詞下面，構成複合他動詞，也表示將…漏掉。但與～落とす稍有不同：～落とす表示由於疏忽大意而漏掉；而～漏らす則表示將不可漏掉的事物漏掉。

也相當於中文的…漏掉、漏…。例如：

言い漏らす／漏說　　聞き漏らす／漏聽

書き漏らす／寫漏

但一般不說見漏す、読み漏す等。

○注意をして一語も聞き漏らさないで聞いていた。

／集中精神一句話也不讓它漏掉。

○案内状に具体的な時間を書き漏らしたので何時に行ったらいいか分からなかった。

／請帖上漏寫了時間，因此不知道什麼時候去才好。

儘管～落とす與～漏らす強調原因的不同，但句子裡沒有明確原因時，兩詞基本上可互換使用。例如：

○これは大事な点だから、言い落とさない（言い漏らさない）ように気を付けなさい。

／這是重要的一點，注意不要把它說漏了！

(8)～過ぎる

①接在意志動詞中的自、他動詞下面構成複合自、他動詞，詞性與前面所接的動詞相同。表

示行為的過度、過分。相當於中文的過於…、…過度等。例如：

慌て過ぎる／過於慌張　遊び過ぎる／太愛玩

働き過ぎる／工作過度　運動し過ぎる／運動過度

飲み過ぎる／喝太多　食べ過ぎる／吃太多

○（酒を）飲み過ぎて病気になった。

／飲酒過量生病了。

○慌て過ぎて何も答えられなかった。

／過於慌張，什麼也沒有答出來。

②接在形容詞、形容動詞語幹下面，構成複合自動詞，也表示過份。相當於中文的過於…、過…、太…等。例如：

狭過ぎる／過狹　早過ぎる／過快

立派過ぎる／過於豪華　静か過ぎる／過於寂靜

○この辺は静か過ぎて寂しいぐらいだ。

／這裡太靜了，靜到讓人感覺有些寂寞。

(9)～過ごす

①接在意志動詞中的自、他動詞下面，構成複合自、他動詞，詞性與所接的前面的動詞相同。與～過ぎる的意思相同，表示過度、過份。但與～過ぎる比較起來用時較少。相當於中文的過於…、過多…、太多…等。例如：

飲み過ごす／喝得過多　　食べ過ごす／吃得過多

言い過ごす／說得過多　　寝過ごす／睡得過多

乗り過ごす／搭乘時間過長

○酒を飲み過ごすと体に悪い。

／喝酒過量，對身體有害。

○一度言ったらそれ以上言い過ごすとかえって効果はない。

／說一次就夠了，說得過多反而沒用。

～過ごす構成的複合動詞寝過ごす除了表示睡得過多，還表示睡過頭；乗り過ごす除了表示坐（車）的時間過多，還表示坐過了站。

○寝過ごして半時間ぐらい遅れた。

／睡過了時間，晚了半個小時。

○居眠りして乗り過ごした。

／因為打瞌睡坐過了站。

②接在意志動詞中的一部分他動詞下面，構成複合他動詞，表示將某種事情放過不管。相當於中文的…（放）過去、…不管。不過它不屬於動作不當、動作失誤這一用法範圍，它和～過ぎる無相似之處。在這裡附帶說明一下。

聞き過ごす／聽過去就算了　見過ごす／看過就算了

やり過ごす／放過去不管

○小さい間違いだから、見過ごしてやった。

／是個小錯誤所以我看過去就算了。

○来たバスは込んでいたから、一台やり過ごして次のバスに乗ることにした。

／來的公車人很多，所以我沒上車，等下一班。

(10)～兼ねる

嚴格說起來，它不是補助動詞，而是動詞性接尾語。多接在意志動詞中的自、他動詞下面，構成複合自、他動詞，詞性與所接的前面動詞相同。與できない的意思大致相同，表示雖然想這麼做，但又不能（做），或不好意思（做），但比できない語氣緩和、委婉，是客氣的表現形式。相當於中文的不方便…、不能等。例如：

言い兼ねる（申し兼ねる）／不好講　　決め兼ねる／很難決定

し兼ねる／不能做、不好做　　行き兼ねる／不能去

○せっかくですが、私にはいたし兼ねます。

／雖然很難得但我不方便做。

○今度の旅行に行こうか行くまいかと決め兼ねています。

／這次去不去旅行很難決定。

也可以接在できる、分かる等無意志動詞下面，也表示不…、不能…。

○本人に病名を知らせることができ兼ねます。

／不方便將病名告訴病人。

○私にはちょっと分かり兼ねますから、主人が帰りましたら、ご返事いたします。

／我不太清楚，等我丈夫回來以後再給您回覆。

這一動詞性接尾語，還常用～兼ねない這種否定形式，表示肯定的意思，與～かもしれな

い、～しないとは言(い)えない的意思大致相同，表示可能…等。

○あいつなら、やり兼(か)ねないことだ。

／他的話有可能這麼做。

○こんな難(むずか)しい問題(もんだい)じゃ、先生(せんせい)だって間違(まちが)え兼(か)ねない。

／這樣的難題，連老師也可能弄錯。

6 表示改正、更改的補助動詞

（1）～直す

多接在意志動詞中的他動詞下面，構成複合他動詞。表示把做得不好的東西改好。大致相當於中文重新…、改…。例如：

言い直す／重新說　　しなおす／重新做
染め直す／重新染　　立て直す／改建
書き直す／重新寫、改寫
見直す／重新看；刮目相看

○それをもう一度考え直してみませんか。
／請您再重新考慮一下好嗎？

○字が汚いから、書き直しなさい。

／字寫得好醜，請重寫。

有些自動詞下面也可以接~直す。例如：

座り直す／坐好　　出直す／重新做

○彼はわざと飛び上がるように座り直した。

／他故意跳起來似地重新坐下。

○家財道具もみな焼けたから、もう一度裸一貫から出直します。

／財產都燒掉了，所以我再一次從白手起家做起。

(2) ~直る

它所接的動詞不多，只接在少數幾個意志動詞中的自動詞下面，構成複合自動詞，表示將不夠好，不夠規矩的動作、態度改成較好的規矩的動作、態度。構成複合動詞後，要根據複合動詞含義翻譯。例如：

居直る／正坐、改變態度　　起き直る／坐起來

立ち直る／恢復原狀　　開き直る／改變態度

○彼女は大儀そうに起き直った。

／她恭敬地重新端坐了起來。

○今開き直っいる質問されると、何一つ頭に残っていない。

／被對方疾言厲色地一問，我頭腦空白一片。

(3)～改める

接在意志動詞中的他動詞下面，構成複合他動詞，表示將舊的東西改成新的，相當於中文的改…。但由於它是書面用語，所能接的動詞很少。例如：

書き改める／改寫　　悔い改める／悔改、改正

○于先生は昔の書いた小説を書き改めた。

／于老師將從前寫的小説改寫了。

○彼はとうとうその軽率な考え方を悔い改めた。

／他終於改正了那輕率的想法。

(4)～返す

接在意志動詞中的他動詞下面，構成複合他動詞，基本含義表示將…弄回去。例如：

取り返す／取回、收回

引申表示重新再作一次已作過的動作、活動。相當於中文的重新…、再…。例如：

読み返す／重新唸　　縫い返す／重新縫、重新做

染め返す／重新染　　調べ返す／再調整

やり返す／重作　　蒸し返す／再蒸；重複

○始めから読み返して、やっとその間違いに気付いた。

／從頭再重新唸一遍，才發現了那個錯誤。

○まだ暇があるので、部屋の掃除をやり返した。

／因為還有時間，又把房間重新打掃了一遍。

～返す與～直す兩者意思相近，譯成中文都是重新…，但使用的場合不同：～直す多用來表示做得不好，重新再做一次，而～返す則是再重複一遍相同的動作，不一定是第一次做得不好。森田良行教授在基礎日本語裡舉出下面兩個例句，來說明兩者的不同。

○仕上(しあが)りがよくないので縫(ぬ)い直(なお)した。

／成品不好看，因此又重新縫了。

○だいぶ古(ふる)くなったので縫(ぬ)い返(かえ)した。

／因為太舊了，所以拆了再縫一次。

(5) ～かえる

它可以寫做～換(か)える、替(か)える、～代(か)える，意思大致相同，多接在意志動詞中的他動詞下面，構成複合他動詞表示將某一結果改成另一結果。相當於中文的改…、改換成…、改變成…。例如：

入(い)れ替(か)える／改裝　　書(か)き替(か)える／改寫

掛(か)け替(か)える／改掛　　作(つく)り替(か)える／改作

染(そ)め替(か)える／改染　　切(き)り替(か)える／變換

○小説(しょうせつ)を脚本(きゃくほん)に書(か)き換(か)える。

／將小說改寫成劇本。

○黄色のカーテンを緑色に染め替える。

／將黃色的窗簾改染成綠色。

有時也接在自動詞下面，構成複合他動詞。例如：

乗り換える／轉乘　　住み替える／搬家

○仙台へ行くには東京で汽車を乗り換えねばならない。

／要去仙台必須在東京換火車。

○もとのところがあんまり騒がしかったので、今度は郊外に住み換えた。

／原來住的地方太吵雜了，所以這次搬到郊外去了。

～返す、～返る有時可以接在同一個他動詞下面，都可構成複合他動詞。這時它們的形態近似，但含義完全不同，很容易混淆。例如：

読み返す／重新唸　　読み返る／改讀

取り返す／拿回來　　取り返る／更換

積み替す／重新放　　積み替る／改放到

看一看它們所構成的例句：

○文章を書いてから、まだ二三回読み返す必要があります。

／寫完文章以後，有必要再重新唸兩三遍。

○その音読の漢字を訓読で読み返しなさい。

／請把那個音讀的漢字改唸成訓讀。

○荷物を積み替えしなさい。

／請把東西再重新堆好！

○荷を船からトラックに積み替えました。

／把貨從船上搬到卡車上。

(6)～かわる

它是與～かえる相對應的補助動詞，它可以寫作～換わる、～替わる、～代わる，意思大致相同。接在自、他動詞下面，構成複合自動詞，表示…換、…替。例如：

入れ換わる／換、替換　　切り替わる／換、變更

住み換わる／住址變更　　書き換わる／改寫

○荷物の中身は入れ替わった。

／行李裡的東西被換掉了。

○映画は土曜日に切り替わる。

／電影在星期天換檔。

由於～かわる構成的複合動詞與～かえる構成的複合動詞是相互對應的，因此它們接在同一動詞下面，有時其意義、用法除了自、他的不同以外，基本上是相同的。例如切り替わる與切り替える、入れ替わる與入れ替える、住み換わる與住み換える等就是相對應的自他動詞，它們除了有自他詞性不同以外，意義大致相同。例如：

○四月から汽車のダイヤは切り替わる。

／四月開始，火車時刻表有變更。

○四月から汽車のダイヤを切り替える。

／從四月開始變更火車行車表。

○借家は借であるが、また住み替わったよ。

／雖然還是租的，但又搬家了。

○借家を住み替えたいのですが、どこかに適当な家はないでしょうか。

／我想換租另一個房子，有合適的物件嗎？

7 表示アスペクト的補助動詞

(1) ～かかる

①接在瞬間動詞中的自動詞下面，構成複合自動詞，表示將出現某種狀態，而這一狀態的出現不是人們意志所能控制得了的。中文可譯作馬上就…、眼看要…、要…。例如：

落ちかかる／快要掉下　　壊れかかる／快要壞掉

切れかかる／眼看就要斷　　倒れかかる／快要倒

死にかかる／將死

○それは倒れかかった家だった。

／那是一間快要倒塌的房子。

○眠ってはいかんと思いながらもついうとうとしかかった。

／雖然知道不能睡著，但不知不覺地還是打起瞌睡來了。

②接在繼續動詞中的自他動詞下面，構成複合自他動詞，表示正處在某種動作之外，或即將開始某種動作。相當於中文的正在…、正好…、正要…。例如：

通(とお)りかかる／正好通過　　行(い)きかかる／正好要走

しかかる／即將開始　　やりかかる／正要開始做

○行(い)きかかったら呼(よ)び止(と)められた。

／我正好要離開時被叫住了。

○仕事(しごと)をしかかるところだ。

／正要開始工作。

（2）～掛(か)ける

①接在瞬間動詞下面，構成複合動詞，表示某一動作即將出現，但它與前面的～かかる不同的是：這一些動作多是動作主體自己的意志所能控制得了的。相當於中文的剛要…、即將…、將…。

帰(かえ)り掛(か)ける／剛要回去　　立(た)ち掛(か)ける／剛站起

○約束(やくそく)の時間(じかん)が過(す)ぎても来(こ)ないので、帰(かえ)り掛(か)けると、向(む)こうから彼(かれ)がやってきた。／過了約定的時間他還沒有來，正要回去時，他從對面走了過來。

②接在繼續動詞下面構成複合動詞，表示意志動作的開始或進行到中間，這些動作也能是動作主體的意志所能控制得了的。相當於中文的開始…、…到中間。例如：

讀(よ)み掛(か)ける／剛要讀、讀到中間　書(か)き掛(か)ける／剛要寫、寫到中間

建(た)て掛(か)ける／剛要修、修到中間　やり掛(か)ける／剛要做、做到中間

○彼(かれ)は何(なに)かを言(い)い掛(か)けてやめた。

／他剛要說什麼，又不說了。

○この子(こ)は何(なに)をやり掛(か)けても、すぐ厭(あ)きてやめてしまいます。

／這個孩子無論開始做什麼，很快就厭煩不做了。

(3) ～始(はじ)める

多接在意志動詞中的自、他動詞下面，構成複合自、他動詞，詞性與所接的前一個動詞相同，表示有意識地開始作某種活動。相當於中文的開始…。例如：

読み始める／開始讀　　書き始める／開始寫

やり始める／開始做　　運動し始める／開始運動

○昨日からこの小説を読み始めたです。

／昨天開始看這本小說。

○子供はもう歩き始めました。

／孩子已開始走路了。

有時作擬人化的說法，表示某一自然現象的開始。例如：

○桜の花が咲き始めました。

／櫻花開始綻放了。

（4）～出す

多接在無意志動詞中的自動詞下面，表示某一自然現象的開始，也相當於中文的…開始。

例如：

咲き出す／開始開花　　降り出す／下起雨

吹き出す／颳起風雨（雪）

○空がいつの間にか雲ってきて雨が降り出した。

／不知道什麼時候天空開始陰了起來，下起了雨。

有些時候接在意志動詞下面，表示自然而然地做出某種動作。例如：

○試験が近づいてきたから、学生たちは皆勉強し出した。

／考試逼近了，學生們都用功起來了。

(5) ～続ける

多接在繼續動詞中的自、他動詞下面，構成複合自他動詞，詞性與所接的前一個動詞相同，表示動作、作用的繼續。相當於中文的繼續……、不停地……。例如：

読み続ける／繼續讀　　書き続ける／不停地寫

降り続ける／不停地下（雨）　　吹き続ける／不停地颳

○病気が軽くても一日中本を読み続けては体によくない。

／即使病很輕，但整天不停地看書，對身體也是不好的。

○吹雪の夜には家の周りの梢がピューピューとうなり続ける。

／在暴風雨的夜晚，房屋周圍的樹木不停地發出咻咻聲響。

(6) ～続く

只接在降る、吹く等少數表示自然現象的繼續動詞下面，構成複合自動詞，表示繼續…、不停地。～続ける也可以接在這些動詞下面，表示相同的意思。

○すごい風が八時間も吹き続いていた。

／強風連續颳了八個小時。

○一月ごろになると、雪が何日も降り続くことがある。

／到一月的時候，有時大雪一連下個幾天都不停。

(7) ～終わる

多接在意志動詞中的繼續動詞下面，並且多是他動詞，構成複合他動詞，表示行為、動作的完了。相當於中文的…完。例如：

読み終わる／讀完　書き終わる／寫完

縫い終わる／縫完　写し終わる／抄寫完

見終わる／看完

○三日間(みっかかん)でその小説(しょうせつ)を読(よ)み終(お)わった。

／三天把那本小說看完了。

○やっと論文(ろんぶん)を書(か)き終(お)わってほっとした。

／好不容易把論文寫完，鬆了一口氣。

(8) ~終(お)える

接續含義與~終(お)わる相同，可以與~終(お)わる互換使用。

(9) ~上(あ)がる

接在繼續動詞中的自、他動詞下面，構成複合自動詞，表示某種事物的完成，相當於中文的…成、…完。例如：

刷(す)り上(あ)がる／印完　　でき上(あ)がる／做成

煮(に)え上(あ)がる／煮好　　仕(し)上(あ)がる／完成

○十日間(とおかかん)で原稿(げんこう)が仕(し)上(あ)がった。

／用十天的時間把原稿寫好了。

○玉子(たまご)がもう茹(ゆ)で上(あ)がりました。

／雞蛋已經煮好了。

(10) ～上(あ)げる

是與～上(あ)がる相對應的補助動詞，接在繼續動詞中的他動詞下面，構成複合他動詞，表示將某種工具完成、作完，相當於中文的…完、…成、…好等。例如：

書(か)き上(あ)げる／寫好　　編(あ)み上(あ)げる／織好

仕(し)上(あ)げる／完成　　刷(す)り上(あ)げる／印好

作(つく)り上(あ)げる／做好

○十日間(とおかかん)で原稿(げんこう)を仕(し)上(あ)げだ。

／十天就把原稿完成了。

○姉(ねえ)さんは二日(ふつか)で私(わたし)のセーターを編(あ)み上(あ)げた。

／姐姐用兩天時間織好了我的毛衣。

(11)～抜く

接在意志動詞中的繼續動詞並且是自、他動詞下面，構成複合自、他動詞，詞性與所接的前面的動詞相同，表示將某種動作、活動堅持到最後。相當於中文的…到底。

生き抜く／生活到最後　　頑張り抜く／努力到最後

守り抜く／堅持到最後　　通り抜く／堅持到最後（以上為他動詞）

○目的を達するまで頑張り抜こう。

／堅持下去，直到達成目的為止。

○反対の人もあったが、彼は自分の意見を通り抜いた。

／雖也有反對的人，但他也一直堅持自己的意見到最後。

(12)～通す

多接在意志動詞中的繼續動詞並且是自、他動詞下面，構成複合自、他動詞，詞性與所接的前一個動詞相同，表示將某種動作、行為一直繼續到最後。相當於中文的一直…到最後。例如：

走り通す／一直跑到最後

守り通す／遵守到最後　　やり通す／做到最後

○一度も中断せずに長編小説を読み通した。

／一次也沒有中斷地將長篇小說看完了。

○長いレースを彼は驚異的なスピードで走り通した。

／他以始終驚人的速度跑完了這一長程。

～ぬく與～通す都表示堅持到最後、堅持做完，但兩者強調的稍有不同：～抜く強調在困難的情況下，毫無動搖一直堅持到極限；而～通す則是從時間上來講，強調從開始一直持續到最後，因此使用的場合不同：

○大事な仕事だったけれども、色々な困難を克服してとうとうやり抜いた。（×やり通す）

／雖然是個大工程，但也克服了許多困難將它完成了。

○どんなことでも一旦始めたら終わりまでやり通さねばならない。（×やりぬく）

／無論什麼事情，一旦開始了，就要做到最後。

～通す還可以接在表示自然現象的無意志動詞下面，如降り通す（一直下雨），而～抜く則不能這麼用。

○一週間も雨が降り通した（×降り抜く）。

／整個星期一直下雨。

(13)～切る

接在意志動詞中的他動詞下面，構成複合他動詞，表示將某種事物、活動完全作完，相當於中文的…完。例如：

読み切る／讀完　　数え切る／數完

売り切る／賣完　　出し切る／拿完

○手元にある小説は（を）もう読み切った。

／手邊的小說，已經看完了。

它也常用～切れない，這時則形成複合自動詞來用，表示…不完。例如：

読み切れない／讀不完　　数え切れない／數不清

食べ切れない／吃不完　　売り切れない／賣不完

○仕事が多すぎて期日までにはやり切れない。

／工作太多，在預計的日期以前做不完。

(14) ～なれる

接在意志動詞中的自、他動詞下面，構成複合自、他動詞，詞性與所接的動詞相同，表示由於屢次反覆進行同一個活動、動作，到已經習慣、不感到生疏。相當於中文的…慣。例如：

○言いなれた言葉
／說慣了的話。
○し慣れた仕事
／做慣了的工作。
○書き慣れた字
／寫慣了的字。
○乗り慣れた自転車。
／騎慣了的自行車。
○それは呼び慣れた名前です。
／那是叫慣了的名字。
○住み慣れた家だから引っ越したくない。
／那是住慣了的房子，所以不想搬。

(15) ～つける

接在意志動詞中的自、他動詞下面，構成複合自、他動詞，詞性與所接的前一個動詞相同，表示由於屢次反復進行某種活動、動作，對這一活動、動作已經習慣。相當於中文的…慣、常…。例如：

言い付ける／常說、說慣　　書き付ける／常寫、寫慣

聞き付ける／常聽、聽慣　　食べ付ける／常吃、吃慣

○横文字は書き付けているので、苦労しない。

／橫書的字已經寫慣了，不覺得費力。

○やり付けない仕事なので、暇がかかる。

／因為是不常做的事，很花時間。

～慣れる與～付ける相似，而兩者的不同為：～慣れる表示對動作對象習慣了，如歩き慣れる表示對走的路習慣了；而～付ける則表示對所進行的動作本身習慣了，如歩き付ける則表示常走，對走這一動作習慣了。

○それは歩き慣れた（×歩き付けた）道だ。

／那是走慣了的路。

○私は普段歩き付けている（×歩き慣れている）から、五、六キロ歩かされても平気です。

／我平常走慣了，讓我走五、六公里，我也沒關係。

8 由動詞接尾語構成的複合動詞

所謂動詞詞性接尾語，它們在形態上與動詞相似，按動詞進行變化，但不能獨立使用，只能接在其他的詞下面構成複合動詞來用，因此稱它為動詞性接尾語，這種構成複合動詞的接尾語不是很多。常用的有：

～がる　～びる　～ぶる
～ばる　～めく　～めかす
～じみる

(1)～がる

直接接在表示人們感情、感覺的形容詞、形容動詞的語幹下面，構成複合動詞，多做為他動詞用，也作自動詞用。表示顯露在外面的樣子，但一般多用來形容第三人稱，或在疑問句裡，用來講第二人稱。相當於中文的覺得…、顯得…，或根據所接的動詞進行翻譯。例如：

面白がる／覺得有趣　　嬉しがる／覺得高興

可愛がる／覺得可愛　　寒がる／覺得冷

嫌がる／覺得討厭　　不思議がる／覺得奇怪

○この子は母親がちょっといなくなると、すぐに寂しがって泣くんですよ。

／這個孩子母親一不在，他就覺得寂寞哭了起來。

○玩具なら弟は何でもほしがります。

／只要是玩具，弟弟什麼都想要。

○こんな寒さなら、北国に生まれた君も寒がるだろう。

／這樣的冷度，連生在北方的你也會覺得冷吧？

(2)～びる

直接接在名詞下面，構成複合自動詞，表示帶有…的樣子。例如：

大人(おとな)びる／有大人的樣子　　田舎(いなか)びる／鄉村風味

古(ふる)びる／有些陳舊、古色古香　　ひなびる／樸實的

○彼(かれ)は古(ふる)びた家(いえ)に住(す)んでいる。

／他住在一棟老房子裡。

○田舎(いなか)のひなびた景色(けしき)が好(す)きだ。

／我喜歡鄉下樸實的鄉村風光。

(3)～ぶる

接在名詞或形容詞、形容動詞語根下面，構成複合自動詞，表示擺出…樣子、裝著…樣子。

先輩(せんぱい)ぶる／端出老資格的架子　　教授(きょうじゅ)ぶる／擺出教授的架子

偉(えら)ぶる／裝出了不起的樣子　　高(たか)ぶる／擺出高傲的面孔

上品(じょうひん)ぶる／裝出高尚的樣子　　利口(りこう)ぶる／自以為聰明的樣子

○田中先生はちっとも学者ぶらずに色々な質問に親切に答えてくれた。

／田中老師一點也沒有學者的架子，親切地回答了各種問題。

○上品ぶって話してみたけれど、すぐに疲れてしまった。

／我試著裝出高尚的樣子來講話，可是很快就累了。

(4)～ばむ

多接在名詞下面構成複合自動詞，表示微微地出現⋯⋯。相當於中文的微有⋯⋯、微帶⋯⋯。例如：

汗ばむ／微微出汗　黄ばむ／微帶黃色

塵ばむ／微帶有塵土　赤ばむ／微帶紅色

色ばむ／帶點微微的顏色

○木の葉が黄ばんだ。

／樹葉也發黃了。

○半時間ぐらい歩くと体が汗ばんだ。

／走了半個小時，身體微微出汗。

(5)～めく

多接在名詞下面，構成複合自動詞，表示像…樣子、帶有…意味。例如：

春(はる)めく／像春天一樣　田舎(いなか)めく／帶鄉村味

謎(なぞ)めく／像謎語似的　冗談(じょうだん)めく／開玩笑似的

ほのめく／隱約露出

○一雨(ひとあめ)ごとに春(はる)めきます。

／一場春雨帶來一番春意。

○そのあたりは田舎(いなか)めいている。

／這一帶有鄉村風味。

(6)～めかす

是與～めく相對應的複合他動詞，接在名詞下面，表示裝成…樣子。例如：

役人(やくにん)めかす／擺官威　冗談(じょうだん)めかす／半開玩笑

ほのめかす／微露、微微示意

○彼は承諾の意をほのめかした。
／他稍稍透露允諾之意。

（7）～じみる接在名詞下面構成複合自動詞。

①表示看起來好像……、彷彿……。例如：

気違いじみる／瘋子似的、瘋狂
年寄りじみる／有老樣
子供じみる／孩子似的

○若いのに年寄りじみている。
／雖然還很年輕，但卻像個老人似的。

○やつはいつも気違いじみた振る舞いをする。
／他經常有如瘋子般的舉動。

②表示受周圍環境及其他的影響，動作主體帶有……的狀態，可譯作中文的帶有……、……似的。

所帯じみる／像已成家的人似的

貧乏じみる／窮人似的

○結婚十年ともなると所帯じみてくる。

／結婚十年了漸漸有了已成家的人的樣子。

○貧困生活の中にあっても貧乏じみていない。

／即使在貧困的生活當中，也沒有顯露出窮人的樣子。

索引

索引

本索引收錄書中列出例句、作過說明的動詞，且按日語五十音即あ、い、う、え、お順序編排，方便讀者快速查閱。

【　あ　】

【　い　】

【　う　】

【　お　】

【　　ち　　】

【　　つ　　】

【　　て　　】

【　　せ　　】

【　　そ　　】

【　　た　　】

【な】

【ぬ】

【の】

【は】

【と】

メモ

大字清晰版

基礎日本語 動詞

基礎日本語動詞/趙福泉著. -- 初版. --
臺北市：笛藤出版, 2020.12
面； 公分
大字清晰版
ISBN 978-957-710-804-3(平裝)

1.日語 2.動詞

803.165 109019643

2020年12月24日 初版第1刷 定價380元

著者	趙福泉
編輯	詹雅惠·洪儀庭
封面設計	王舒玗
總編輯	賴巧凌
編輯企畫	笛藤出版
發行所	八方出版股份有限公司
發行人	林建仲
地址	台北市中山區長安東路二段171號3樓3室
電話	(02) 2777-3682
傳真	(02) 2777-3672
總經銷	聯合發行股份有限公司
地址	新北市新店區寶橋路235巷6弄6號2樓
電話	(02)2917-8022·(02)2917-8042
製版廠	造極彩色印刷製版股份有限公司
地址	新北市中和區中山路二段380巷7號1樓
電話	(02)2240-0333·(02)2248-3904
印刷廠	皇甫彩藝印刷股份有限公司
地址	新北市中和區中正路988巷10號
電話	(02)3234-5871
郵撥帳戶	八方出版股份有限公司
郵撥帳號	19809050